R.O.D
READ OR DIE
YOMIKO READMAN "THE PAPER"

——第十一巻——

倉田英之

スタジオオルフェ

集英社スーパーダッシュ文庫

R.O.D 第十一巻

CONTENTS

プロローグ……12

第一章 『風の歌を聴け』……33

第二章 『そして僕は途方に暮れる』……72

第三章 『見る前に飛べ』……148

転 章……217

あとがき……222

R.O.D人物紹介

読子・リードマン

大英図書館特殊工作部のエージェント。紙を自在に操る“ザ・ペーパー”。無類の本好きで、普段は非常勤講師の顔を持つ。日英ハーフの25歳。

菫川ねねね

現役女子高生にして売れっ子作家。狂信的なファンに誘拐されたところを読子に救われる。好奇心からか、現在は逆に読子につきまとっている。

ジョーカー

特殊工作部をとりしきる読子の上司。計画の立案、遂行の段取りを組む中間管理職。人当たりはいいが、心底いい人というわけでもないらしい。

五鎮姉妹

左から静、帆、薇、琳、茜。文鎮を特化させた武器を操り、チャイナを護る五つ子の姉妹。

ウェンディ・イアハート

大英図書館特殊工作部のスタッフ見習い。持ち前の元気と素直さで、仕事と性格の悪い上司に立ち向かう。

チャイナ(おばあちゃん)

読仙社の首領、謎多き少女。その過去には、ジェントルメンとなんらかの関係があったらしい。

ナンシー・幕張

ジョーカーの指令を受け、読仙社の潜入調査を行っているエージェント。コードネームは"ミス・ディープ"。

イラストレーション／羽音たらく

R.O.D

READ OR DIE

YOMIKO READMAN"THE PAPER"

――第十一巻――

プロローグ

ひさしぶりです。お元気ですか？

ずいぶんとご無沙汰《ぶさた》してしまいましたが、あなたはあれからどうしていましたか？

私のほうは相変わらずです。働いて、食べて、寝て、あとはひたすら本を読むだけの毎日です。静かで、穏やかで、とてもとても幸せです。

本当に毎日そうなので、人に話すと呆《あき》れられますが、あなたなら、同じ本好きとしてわかってもらえると思います。

そういえば、前に教えていただいた本も読みました。たいへん面白かったです。同時に、この本を褒《ほ》めちぎっていた貴方《あなた》の顔を思い出し、懐《なつ》かしい気分になりました。実はそれがきっかけで、こうして筆を執《と》った次第です。

私が薦《すす》めた本は、読んでもらえましたか？　手に入りにくい本だったのですが、驚いたことに、昨年の秋に復刻されました。それを聞いて、やはりいい本には、根強いファンの人がいるんだなぁ、と感動しました。

昔、あなたとよく話していた作家さんの新刊も出ました。知ってましたか？

前から何年も経っているので、文体は少し変わったような気がします。でも、言いたいことや、お話の底にあるものはあいかわらずなので、私は楽しく、懐かしく読めました。もしまだ読んでないのなら、オススメですよ。

この歳《とし》になると、周りの人は色々と忙しく、本の話ができる相手もめっきり減ってしまいました。みんな仕事や子育てなどで、手一杯みたいです。

そんな中、私は前述したように、あの頃のままで本、本、本の毎日です。

私は結局、本以外に夢中になれるものを見つけられませんでした。

いいえ、そういう言い方はちょっと違いますね。

一番夢中になれるものに、一番最初に出会ってしまった、ということでしょうか。

思い出してみれば、物心ついてから本を開かなかった日はありません。

今までの人生の中で、常に傍《かたわ》らには本がありました。色々な思い出がありますが、その全てに本がからんでいます。

我ながらちょっとおかしいのかなぁ、と思った時期もありましたが、悩んだことはありません。きっともう、私にとって本は人生そのものなのでしょう。

だからいまだに、私は思い続けているのです。

本が好き。

死ぬほど好き、と。

とりとめのないお手紙になってしまいましたが。

よかったら、一緒《いっしょ》に送った本を読んでみてください。できたら、読み終わった後に感想を聞かせてもらえれば、と思います。

あの頃、よく話していた本の続きです。

本好きの、少し変わった女の人のお話です。

東京郊外。

都立垣根坂《かきねざか》高校の校門から下る坂道に、『オルカ』という名の喫茶店《きっさてん》がある。

その名から予想されるように、マスターは大のシャチ好きだ。店内の至るところに、シャチの写真やイラストのパネルが飾られ、フィギュアやキーホルダーなどのグッズが陳列《ちんれつ》されている。常連客は、必ず一度はマスターに訊《たず》ねる。

「なんで、こんなにシャチが好きなの？」

結婚もせず、四十数年の人生をシャチに捧げてきたマスターは、顎《あご》をいじりながらいつも同じ答えを返す。

「自分でも、わからないんだ」

そういうものかもしれない。

大抵の人は、好きなことに理由を求める。そして大半の人が、その答えを持っている。しかし、他人にも自分にも説明できない、根元的な衝動《しょうどう》に取り憑《つ》かれてしまう場合もあるのだ。おそらく、理由は幾つでも挙げられる。だが、そのどれもが微妙に言いたいことからズレている。無数の理由は結局、全部ハズレとなる。

憑《つ》かれた者は呪縛《じゅばく》に囚《とら》われ続け、生涯《しょうがい》対象を愛することになる。この店のマスターにとっては、シャチがそうなのだろう。

言うまでもないが、彼は普通の人間だ。つまりそれは、誰にでも起こりうることなのだ。

「なんか連絡、あった?」

「なんにも。ウチのほうも留守《るす》みたい」

その『オルカ』のテーブルに、二人の女子高生が座っている。一人はメガネにおさげ髪の河《か》原崎《わらざき》のり。もう一人はショートカットも凛々《りり》しい三島晴美《みしまはるみ》。二人とも垣根坂高校の生徒で、ねねのクラスメイトだ。彼女が休学しているため、元、の肩書きが必要だが。

梅こぶ茶から昇る湯気を見つめて、晴美がぼんやりとつぶやく。

「……まだイギリスに、いるのかな?」

「わかんないけど。親ごさんも、〝あんまり気にしないでくれ〟って言ってたし」

「……確かに、菫川《すみれがわ》、タフだからね。中身はケッコーもろいトコ、あるけど」

肯定の意味を込めて、のりはストローでアイスコーヒーを吸った。

二人は一週間ほど前、ねねねに連絡を取ろうとして、彼女の不在に気がついた。どんな時間帯に電話してもマンションが無人だったため、〝万が一〟を考えて大家《おおや》に通報した。大家は警察立ち会いのもとで鍵《かぎ》を開け、室内が無人であることを確認してから、アメリカに住む両親にそれを報せた。

そこでようやく、菫川ねねねは今、イギリスにいることが判明したのだった。創作意欲と衝動の赴《おもむ》くままに行動する彼女ではあったが、一応、出国前に両親には渡英《とえい》を伝えていたのだ。「イギリスの、知り合いに会いに行く」という、きわめて簡略化された内容ではあったが。

その後、英国で続いた怪事件に両親は当惑したが、その度《たび》に「私は平気。心配しないで」と、これまた短い娘からの報告を受けて、あまり悩まないことにした。もちろん親としての心配はあるが、「ウチの娘は一度決めたらなにを言っても聞かない」ことも知っているし、「一人の社会人として、自分の行動は自分が責任をとるべきだ」という考えもあったからだ。なにより、一度国際電話で聞いた娘の声には快活さがこもっていた。心当たりはないが、英国の知人とやらも頼りになるようだし、両親は心を落ち着け、娘の「旅の終わり」を待つことにしたのだった。

大家からおおまかな内容を聞かされて、のりと晴美が軽く驚いていると、二人宛《あて》に絵ハガキが届いた。大英《だいえい》図書館で売られている、記念ハガキだった。それを見て、二人はねねねの目的、知人の正体を悟ったのだった。

「でもフツー行く？　イギリスまで追っかけて？　なんであのコ、あんなにセンセにいれこんでるのかね？」

「わかんないってば。でももともと、そういうコだったじゃん。授業そっちのけで図書室にコモってた時もあったし。一度そっちに目がいっちゃうと、ガーッて突っ走っちゃうんだよ」

晴美がわずかに肩をすくめる。

「それにしてもねぇ……。あの行動力っていうか、バイタリティは尊敬に値するっていうか……。発電かなんかに使えないかな？」

「スイッチのONOFF、ハゲしすぎるじゃん。ヤだよそんな不安定供給」

あはは、と乾いた笑いが二人の間に消えていく。

「……すごいよねぇ。そんだけスキなものがあるって。ちょっとうらやましいかも」

晴美は前髪をつまんで、目の下まで引っ張った。そろそろ切り時かもしれない。

「あんただって、美大《びだい》目指してんでしょ？」

「入れたらいいな、ぐらいのもんだよ。絵を描くのは楽しいけど、それでゴハン食べられるか、っていったら自信無いし」

のりは、椅子《いす》の背に立てかけているラクロスのラケットを見る。自分もそうだ。腕はそこそこにあるつもりだが、だからといって、これに将来を懸《か》けようという気はない。

「そろそろ、進路考えないとね。三者面談もあるし」

「とりあえず大学は行っとこうかなぁ。どこか入れそうなとこ」

「そしたら女子大生だよ、ジョシダイセー。うわっ、あんたが女子大生って⁉ 信じらんないっ！」

晴美の大げさなリアクションに、のりは苦笑した。

「あんただってそうなるんだよ。女で大学行ったら誰でも」

「あたしが女子大生！ ……うわー、そんな日がくるなんて、小さい頃は考えもしなかったのになぁ」

「実感ないよね、いつのまにかトシくって、今みたいになってんだから」

誰もが通ってきた道だ。

人は未来を夢想する。将来、自分がどうなっているかを、その時なりの情報量でイメージする。その未来像は当然、成長してからの方がリアルなものになる。

同時にそこで、「なりたいもの」と「なれるもの」の判別もつけられるようになる。

「なりたいもの」に「なれる」かは誰にもわからない。それを達成するには努力や運や環境や、およそあらゆる要因がからんでくる苦難の道のりを、乗り越えなければならない。とはいえ、時に驚くほどあっさりと「なりたいもの」に「なれる」ケースもあるのがまた、困ったものなのだが。

「んー……女子大生の後は、なんになればいいのかなぁ……」

「主婦とか」

「相手がいなかったら？」

「働けよ」

「なんの仕事？」

「自分で決めろって！」

結局そこに行き着いてしまう。自分がなりたいものは、自分で決めるしかないのだ。

そんな時。

なにか好きなものがあれば、どれだけ大きな道標《みちしるべ》になることだろう。

「こういう時だけさ、菫川がちょっと、うらやましく思わない？」

「…………………思う」

あまり本を読まない二人にとって、菫川ねねは小説家である前に、一人の友人、という印象のほうが強い。だからこそ気楽につきあえるし、妙な羨望《せんぼう》や嫉妬《しっと》もない。

ただ、一人の友人として見るからこそ。自分たちと同じ、一七歳の少女として見るからこそ。既に人生を走りだしている彼女が、少しだけうらやましく見える時があるのだ。

「私らも早く、好きなもの見つけたいねぇ」

「……まあ、無理はよくないけどね」

晴美はテーブルに置かれた、シュガーポットをつついた。蓋《ふた》のツマミが、海面から飛び上がるシャチの形になっている。

三人で初めて店に来た時、これを見つけた菫川ねねは呆《あき》れて笑ったものだった。「こんなトコまでこだわってんの!?」と。

自分たちから見れば、店長も彼女も、こだわりの度合いにおいては大差無い。

「…………なにやってんのかな、菫川」

「……なにやってんのかねぇ」

「無事だとは思うけどね」

「でも、厄介《やっかい》な目にはあってるかも。あいつ、そういう災難多いから」

懐《なつ》かしい喫茶店《きっさてん》で、友人たちに噂《うわさ》されているとも知らず。

菫川ねねは、インドにいる。

「うおーっ！　涼しいーっ！」

はしたない大声をあげている。日本語なので意味がわかる者はいないが、その声量に何人かが視線を向ける。

「やめてくださいよ、ねねねさん。目立っちゃうじゃないですか」

彼女をたしなめるのは、褐色《かっしょく》の肌に金髪の少女、ウェンディ・イアハートだ。

「あ、ごめん。思わず声が出ちゃった。だって涼しいんだもん！　冷房って、人類にとって最高の贅沢《ぜいたく》だったんだなー」

二人はデリーの首都にある、最高級のホテルのロビーに出向いている。自分たちが宿泊しているものより五つは上のレベルだ。

出向いてきた理由は、人に会うためである。

ねねねとウェンディは、読子《よみこ》に会うために中国に入国しなければならない。しかし度重《たびかさ》なる異常事態で、インドから中国に向かう航空便は軒並《のきな》みフライトが中止されている。海路も同様だ。

そこでウェンディは、なにか別の方法を探るため、友人のプログラマーに会った。彼女は五歳までこの地にいたので、情報収集が可能なのだ。

インドはコンピュータ大国である。友人のプログラマーは表でも裏でも相当な腕をふるう人物で、ウェンディの相談と質問に、幾つか答えてくれた。再会したのは一五年ぶりだったが、手紙やメールで時折連絡は取っていたのだ。

かくしてインド↓中国の入国手段を検討《けんとう》するため、ウェンディはねねねを友人に引き合わせることにした。

「ていうか外が暑すぎるんだっ！　なのになんで、さらにこんな暑苦しいカッコしなけりゃなんないのっ⁉」

ねねねは、ウェンディと同じくサリー姿である。女子高生、サリーを着る、というフレーズが頭に浮かんだが、どこのどんな人たちにアピールするかはわからない。

「だから言ったでしょ。観光客の格好してたら、物乞《ものご》いの人たちとか寄ってくるんですよ。ただでさえ、ねねねさんは目立つんですから」

インドは、地域にもよるが、夏期ともなれば体感温度が五〇℃を越えるとも言われている。今はそれほどではないが、日本の気候以外をほとんど知らないねねねにとっては、ほとんどお湯の中を歩いているに等しい〝外出〟だった。着慣れないサリー姿で、歩きにくさも倍増だ。冷房の効いたロビーで、思わず声をあげてしまったのも無理はない。

「どこに行ってもスターになっちゃう、自分のカリスマが怖いわ……」

「……というより、トラブルメーカーなんじゃ……」

ウェンディのささやかな抗議を無視し、ねねねは改めてロビーの豪華な内装に目をやった。吹き抜けの天井に、デコレーションのついた照明。中央には流れっぱなしの噴水が設置され、観ているだけでも涼しい。柱はおそらく大理石。泊まったことなどないが、欧州《おうしゅう》の一流ホテルにもまったくヒケは取らないだろう。

「たっかそーなトコ……。あんたの友達、なんでこんなトコに呼び出したの？」

「ここに、住んでるからですよ」

「なにいっ!? 友達ってもしかして、カネモチ!?」

大きな反応を見せるねねねに、ウェンディは困ったような顔をする。

「まあ……それなりに資産はあると思うんですが」

「それにしてもホテル住まいなんて。贅沢《ぜいたく》もいいトコじゃない」

どんなに控えめにみつもっても、一泊で何十万(円)は下らないだろう。ねねねはまだ見ぬ相手を大富豪と決めつけた。途端にそのシルエットの横で、薄布をまとった美女が大きな葉ウチワで友人を扇《あお》ぎ始める。目の前には山と盛られた山海の珍味《ちんみ》。小説家というにはあまりにも古典的な富豪のイメージである。

「まあなー。日本と違って、こっちの金持ちは際限がないからなー」

「しょっちゅう、あっちこっちに出かけるんで。ホテル住まいのほうが気楽なんですって。身の回りの世話もしてくれますし」

ウェンディは、なおも珍しそうに辺りを見るねねねの手を引いて、エレベーターホールに連れていく。

六台のエレベーターが並ぶホールのさらに奥に、階数表示の無いものがある。ウェンディは迷わず、その前に進んだ。

「……なんも書いてないよ、これ?」

「直通ですから」

「？　あんたの、友達んトコへ？」

「ええ、そうです」

　上昇を示す三角形のボタンにウェンディが指を置くと、指紋《しもん》認識機能のセンサーが反応し、音もなくドアが開いた。

「……やっぱり、こっちの金持ちは際限ないなー」

　ねねねは呆《あき》れながら、エレベーターに入った。内側にも、階数を示すボタンがついてない。

『OPEN』と『CLOSE』があるだけだ。

「だって、直通ですから」

「他の階に用事はないのかよ。夜、缶ジュースとか飲みたくなったらどうすんだ」

「ルームサービスを使うんですよ」

　ベストセラー作家とはいえ、考え方も生活ぶりも庶民《しょみん》なねねねには無い発想だ。

「あんたの知り合いに、こんな大富豪がいたとはなー。玉の輿《こし》でも狙ったら？」

　ねねねは、天井に着けられた防犯用カメラに手を振ってみた。おそらくは、音声も拾われているのだろう。

「よしてくださいよ。今日だって、一五年ぶりに会ったんですから。それに、彼はいい人ですけどそういう対象じゃありません」

ねねねがカメラを指さすと、ウェンディは思わず口を手で覆《おお》った。同時にエレベーターが停止し、再び音を立てずにドアが開く。さてどんなリッチマンが現れるかと、ねねねがわずかに身構えた。

エレベーターのドアは無音だったが、その向こうのフロアーは大騒音があふれていた。

「!? !? !?」

開いたドアから、爆音が流れてくる。二人は思わず耳を押さえた。

「なによ、これっ!?」

「わかりませんっ！」

怒鳴《どな》るように会話して、ようやく相手の声が聞こえる程度だ。だだっ広《ぴろ》いフロアーには、荒らされた絨毯《じゅうたん》と倒れた何枚ものプレート、道路工事などで使用するスタンド式ライトなどが見てとれる。どれも、お金持ちの私室には相応《ふさわ》しくない。

ねねねは一瞬、エレベーターが自分たちを異なる場所にワープさせたのかと思った。そういうSF小説があるのを、読子に聞いたことがあるからだ。

そうではない、という証拠のように、爆音が大きくなっていく。それがエンジンの音であることに、二人はやっと気づいた。

エンジンから連想して、このフロアーが今、レースサーキットになっていることを知る。もちろん本物ではない、〝ごっこ〟の舞台だ。

はい正解、という証拠に、爆音を撒《ま》き散らしてカートがやって来た。Ｆ１のマシンを模《も》した、趣味用のカートである。

ただしカスタム、というかチューンナップ、というか無闇な改造を施《ほどこ》しているらしく、明らかにカートのサイズに不似合いな、大きなエンジンが積まれている。ドラッグレースに使用するタイプかもしれない。

カートはスピードを制限できず、カーブを曲がり損《そこ》なって宙へと飛んだ。

唖然《あぜん》、と見守るウェンディとねねねに、天地逆になった体勢のドライバーが手を振った。

「……やぁ！」

ドライバーはそのまま、二人の視界を横移動し、事故防止用のクッションプレートに激突した。咳《せ》き込むようにエンジンが、その音を絞《しぼ》っていく。

「……あれなの？　あんたのお友達」

「……はい。シャールク・デブガンといいます」

カートの下から、爽《さわ》やかに笑いながら男が出てくる。外観は二〇代の半ばぐらいか。そこそこに美男で、ウェンディより少し肌の色が濃い。

「いやぁ、死ぬかと思ったよ！」

軽薄そうな口ぶりにアロハシャツ、ジーンズ。ねねねの脳内にある大富豪像とはほど遠い。

「悪い人じゃないんですよ」

「……全面的ないい人にも、見えないけど」

「いやしかし、最期《さいご》に観る光景が、こんな美女二人だったら、後悔《こうかい》することなんてないね」

いつのまにか歩み寄っていたシャールクは、二人の間に立って肩を抱く。

「！」

スキンシップの経験乏《とぼ》しいねねねは、思わずその顔に、グーでパンチを入れてしまった。

「パウッ！」

奇妙な叫びを残して、シャールクが倒れた。

「ねねねさん⁉」

「あ、ごめん……つい」

シャールクは倒れたまま、また軽薄に笑った。

「……いやぁ、死ぬかと思った！」

ねねねはエレベーターの中で、ウェンディが「彼はそういう対象じゃない」と言った意味を理解した。

「……要するに変人なのね。この人も」

ウェンディは微妙に困った笑顔で、頷《うなず》いた。

「ええ」

「いやぁ、最近のゲームってスゴいよね。もうレースゲームなんて本物そのもの。あんまり迫力あるからさ、だったら本物ってどうなんだろ？　って思って、フロアー改装してサーキット作ったんだけど、イザ運転してみたら全然スピード出せなくて！　テキサスからエンジン取り寄せたんだけど、なんか今度は逆にスピード出すぎてさ！」

シャールクは英語で話している。勉強の成果か、ねねねにもおおまかな意味だけはわかる。そのおおまかな部分だけでも、彼が驚くほどに軽薄な男だとわかった。

シャールクが独占しているフロアーは、およそ半分のスペースがサーキットに改装され（といっても、絨毯《じゅうたん》の上に簡易なコースを設けただけだが）、残りの部分にテーブルやらベッドやらの家具を押し込み、さらにその隅にパソコンが並べてある。

レイアウト、などという考えは無い。空《あ》いている場所にただ、置いているだけだ。

子供部屋だ。ねねねはそう直感した。

一目で不相応な財力を手にした、幼児の空間だとわかる。家具の間には、そのゲーム機やモニターが乱雑に放られているのだから。

「やっぱり免許取らないとダメだな、アハハ」

屈託《くったく》のない笑顔に、ねねねは驚いた。無免許だったのかよ！

「……シャールク。あなたの中身が一五年前とほとんど変わらないのは嬉《うれ》しいけど、お願いだからもう少し、行動する前に結果を考えて」

「君が言うなら、これからはそうするよ。ウェンディ」

確かに悪人ではなさそうだ。素直な笑顔をウェンディに向けた後、シャールクはねねねに向き直った。見慣れないインド系の顔だちに、ねねねは少し思った。……濃ゆい。

「ニニ?・」

「……ねねね」

ねねねの名前は、インドでも発音しにくいらしい。日本人でも難しいのだから、異国の人間ならなおさら、ということなのだろう。

「ウェンディから、だいたいの話は聞いた。確かに、ここ数週間の英国、中国の異変はネットでも話題になってる。僕は君たちの話を、全面的に信用するよ」

シャールクは、意外な物わかりのよさを口にする。

「そう言ってもらえると、有り難いんだけど……」

妄想《もうそう》で片づけられても、無理のない話だ。友人の言うこととはいえ、ウェンディの説明を疑いなく信じられるのは、シャールクのハートの許容量が常人とは違う証拠だ。

「だいたい僕は、前からおかしいと思ってたんだ。人類の文明の進化速度は、明らかに不自然なんだって。これは明らかに、異星人の介入《かいにゅう》があるに違いないよ」

「…………は?・」

ねねねが思わず眉《まゆ》をひそめる。

「日本人なら知ってるだろう？　ナスカの地上絵、ストーンサークル、イースター島のモアイ像、世界には説明できない不思議が幾つもある。これは人類以外の種、つまり異星人がかつて地球に来た証拠なんだよ！」

ウェンディに視線を向けると、彼女も当惑混じりの笑みを浮かべていた。

「僕はその事実をより詳しく知りたくて、コンピュータを使うようになった！　そして知った！　驚いちゃいけない、世界には僕と同じ考えの人が、何億人といたんだよ！」

億はいないだろう。ねねねは心の中で突っ込んだ。

「今、その謎解《なぞと》きの一端に加わろうとしている！　なんという栄光だろう、ぜひ、君たちの勇気ある行動を支援させてもらいたい！」

高ぶった声で、シャールクはねねねの手を握る。黒い瞳がキラキラと濡れている。その奇妙な迫力に圧《お》されて、ねねねはじとっ、と汗を流した。

「えーと……。要するにこの人、中身も子供なのね？」

セリフの後半部は、ウェンディに向けられたものだ。

「……シャールク、小さい頃からそういう話が好きでしたから……。今でもそうとは、思いませんでしたが」

「……大丈夫《だいじょうぶ》なの？」

　二人の会話は日本語で交わされた。したがってシャールクは内容を理解できず、瞳を輝かせたままでねねねを見つめている。

「いえまあ、実は。そういう性格だからこそ、今回、私たちの中国潜入ルートを見つけてくれたんですが」

　そういえば、その話をしに来たのだった。ねねねはシャールクの目を見つめ返す。

「正直、宇宙人だかはいてもいなくても、どっちでもいいけどさ」

　握られている手を、拳《こぶし》に変える。おう、とシャールクが口を丸くした。

「……いないと困るヤツが、中国にいるの。そいつにコレを渡さなきゃ、いけないのよ」

　サリーの下から、ドニーの日記帳を取り出す。心配で、これだけは持参したのだ。

「だから協力して。お願い。どんなルートでもいいからさ」

　真剣な顔になったねねねを、シャールクが見つめ続ける。拙《つたな》い英語でどれだけ伝わったかは不明だが、言葉よりもこの表情のほうが、彼の心に訴えたようだ。

「……責任をもって、君をヒマラヤの向こうに送り届けるよ」

「……サンキュー」

　ねねねが更にもう片方の手を重ね、二人は両の手で強く握手するような格好になった。

　その姿を見て、ウェンディはほうっ、と胸を撫《な》で下ろした。

第一章　『風の歌を聴け』

『ジェントルメンさんっ！　あなたは間違ってますっ！』

そう、ズバーンと切り出す予定だった。

しかし予定は未定にして決定に非《あら》ず。いきなり読子《よみこ》の背後にズバーン！　と現れたジェントルメンは思いっきり全裸《ぜんら》で、しかも王炎《おうえん》に聞いてはいたが、本当に若返っていた。あまりに予想外のコンタクトに、読子の脳は激しく混乱した。くわえて、父親とドニー以外で、男性の裸体を見たのは初めてのことだった。これも、彼女の困惑に拍車《はくしゃ》をかけた。

チャイナに託された髪の毛を焼き、ジェントルメンを呼びだして和解の交渉《こうしょう》をするつもりだった読子は、驚きで卒倒しかけた自分をどうにか支えている、というのが現状である。

「…………こんなところでなにをしている?」

対してジェントルメンは冷静だった。堂々としていた。我に隠すところなにも無し、という態度を全身で表していた。

しかしせめて、せめて一箇所《かしょ》は隠してほしいのが読子である。

「……それはっ、それはっ、私のセリフです！　なんで裸なんですかぁっ⁉」

「着替えがなくてな」

平然と言ってのけるジェントルメンから、読子は顔を逸《そ》らす。

「なら！　なにか羽織《はお》るものを探してきてください！　女の子の前でそんな格好なんて、〝ジェントルメン〟の名前が聞いて呆《あき》れます！」

自分を女の子と名乗る図々《ずうずう》しさはひとまずおいておくとして。

この対応は、ジョーカーなどが聞いたら顔面が蒼白になることだろう。ジェントルメンに叱《しっ》咤《た》など、死神の横っ面《つら》を張り倒すも同然だ。

「…………あれ？」

返事がないので、読子がおそるおそる顔を戻す。そこにはもう、誰もいなかった。

「？　ジェントルメン……さん？」

あれは煙が生んだ幻《まぼろし》だったのか？　あまりの唐突《とうとつ》さにそんな考えすら浮かんだ時、背後の林から音がした。

「なんだ」

「わぁぁっ！」

あたふたと、手をついて地面を這《は》う読子である。

「呼んでおいてなぜ驚く？　おまえは情緒《じょうちょ》不安定なところがあるな」

姿を現したジェントルメンは、なにか動物のものらしい革を身につけている。この一瞬でどこまで飛び、探したか？　あるいは仕留めたか？　どちらにせよ、常人の為せるワザではない。

「不安定にさせてるのは……ジェントルメンさんですっ」

読子は顔を上げ、精一杯の抵抗を試みる。今度は身体《からだ》が覆《おお》われているので、まっすぐ見つめることができる。

そして改めて思い出されたのは、読仙社《どくせんしゃ》にさらわれた時に見せられた、チャイナの過去の映像だ。五〇万年前の記憶、とチャイナが告げたその映像に出てきた男は、なるほど今のジェントルメンそのものだった。

ジェントルメンは面白くもなさそうに、読子に近寄ってきた。

「おまえはいつも、落ち着きが足らんな。ザ・ペーパーを名乗らせるには幼すぎたか」

幼い、と言われるには年輪を重ねすぎた感もある読子だ。だが、ジェントルメンから見れば人類のほぼ全部が、赤子のようなものだろう。

「……外をハダカでうろうろする人より、いいと思います」

ジョーカーが聞いたら失神するだろう。しかしジェントルメンは、その返答を心地よく受け取ったらしく、ふん、と鼻息を吹いた。

「……えくしゅっ！」

読子が盛大なクシャミをする。ジェントルメンが降らした川の水で、全身が濡れたのだ。こんな時でも、『そばかす先生のふしぎな学校』は濡らさずに護《まも》っているところが驚きだ。

「冷えたか？　弱いな」

「これもジェントルメンさんのせいですっ。せっかくの火も消えちゃったし。……だいたい強いも弱いもなくて、水を被《かぶ》ったら寒いんです。人間は、そういうふうにできてるんですよ」

他愛《たわい》もない会話のようだが、読子の言葉は人としての約束事、可能性に触れている。それを意識してか、ジェントルメンは口の端《は》を曲げて笑った。

「そうだったな。……どれ、では暖めてやろう」

ジェントルメンは、転がっていた二本の枝を手にした。枝といっても、それなりの太さがある、立派なものだ。決して軽くはないだろうそれを一本ずつ、手に持って……。

「ふんっ！」

×の字に掲《かか》げて、猛烈に擦《こす》る。たちまち接点に摩擦《まさつ》熱が発生し、両の枝が燃え上がる。

「そら」

即席の松明《たいまつ》を、読子に放る。

「ひゃあっ！」

慌《あわ》てて後ずさった読子が、息を荒くして地に落ちた松明を見る。

「……注意一秒、火の用心ですよっ！」

「わかっておるわ。火は文明を滅ぼす、もっとも古い手段だからな」

ぶう、と口を尖《とが》らせながらも、読子はジェントルメンが生みだした火で暖《だん》を取る。その姿と、地に落ちているチャイナの髪を見くらべ、改めてジェントルメンが口を開いた。

「さてと。……聞かせてもらおうか。こんなモノで、ナニをしている?」

「…………………………」

重い沈黙が、辺りを満たしていた。

聞こえるのは、モソモソとした咀嚼《そしゃく》音だけだ。読子が、焼いた川魚を食べているのである。

ジェントルメンが川から獲《と》ってきたものを、分けてもらったのだ。

そうは言っても、当のジェントルメン自身は、一匹も口にしていない。読子から、チャイナの伝言を聞いてじっと黙ったままだ。

「…………………………」

読子も、なにか話しかけにくい気分だ。食事に忙しいせいもあるが、なによりジェントルメンの心中が如何《いか》なるものか、計れないのだ。

王炎の話では、ジェントルメンは読仙社を滅ぼしたという。だが、今目の前にいる彼からは、そんな禍々《まがまが》しい空気は感じられない。

今までに何度か会った時と同様に、威厳《いげん》がある、器《うつわ》の大きい風格を身にまとっている。

それに、読子が空腹なのを察して魚も獲ってくれた。

……説得できるはずだよね……？

読子は魚を飲み込んで、どうにかジェントルメン出現前の精神テンションを取り戻した。

「……あのですね、ジェントルメンさん……」

ジェントルメンは答えず、火をじっと見つめている。その手には、チャイナの髪が握られている。彼の姿に、読子は説得する自信を強めていった。

「……確かに、英国も中国も、いっぱい犠牲《ぎせい》が出ましたけど……。でも、だからこそ、これ以上被害を増やしちゃいけない、って思うんです」

反応はない。読子は少しずつ、言葉の熱量を上げていく。

「とにかく、みんな話し合いが足りない、って思うんです。私、チャイナさんや読仙社の人たちとちょっと話しましたけど。みんな、悪い人じゃありません。……そりゃ、英国はダメージを受けましたし、こっちのみんなも悪い人じゃないんですけど。……そうなんです、みんな悪い人じゃないんです。だからこそ、仲良くできると思うんです。ファウストさんだって、ちゃんと話して、……例えば、英国と中国が受けた傷を癒《いや》すのに、グーテンベルク・ペーパーの力が使えないかな？　とか、そういう話もできると思うんですよ。……奪いあったり、憎しみあったりするんじゃなくて、そこから始めるのって、ずっと素敵じゃないですか、ねっ？」

読子の口調は、いつしか目前の炎にも似た熱気を帯びていた。この説得に、もしかしたら世界の未来がかかっているのだ。いや、そんなものが無くても、既に会った読仙社の面々と争わずにすむというなら、熱がこもらないはずがない。

「…………………」

しかしジェントルメンは、変わらず口を閉じたままだ。

「ジェントルメンさん？」

口を開かず、ジェントルメンは、おもむろに燃えさかる松明《たいまつ》を手に取った。そして迷わずその火を、剝《む》き出《だ》しの腕に押しつける。

「！　ジェントルメンさんっ！　なにをっ⁉」

驚きで読子が立ち上がる。しかしジェントルメンは動かない。ただ焼けただれるはずの腕を見ているだけだ。観察するような、冷静な視線で。

「…………？」

読子の驚きは、さらなる驚きに変わった。ジェントルメンの腕の皮膚《ひふ》は、まったく変わっていないのだ。焼けることも焦《こ》げることもなく、ただ火の明かりに艶々《つやつや》と輝くだけである。

たっぷり三〇秒もそうしていただろうか、ジェントルメンは松明を川に放り捨て、しげしげと腕の表面を眺めた。

「……もう二、三日はいけるな。読仙社ではしゃいだツケがくるかと思ったが、杞憂《きゆう》にすぎなかったか……」

ジェントルメンは、自分の身体《からだ》の状況を確認していたのだ。チャイナとの戦いに向かって、自分に今、どれだけの力が残っているかを考えていたのである。

「……約束の地、か。あの場所を選ぶとは、あの女の考えそうなことだ……」

立ち上がり、チャイナの髪を火にくべる。炎の勢いが一瞬、強くなった。その向こうに見えるジェントルメンの顔は、それまで読子が見ていたものとはまったく別のものだった。

「……ジェントルメン、さん……?」

これなら信じられる。王炎の言葉が。

自信に満ちた、彫像のような肉体の持ち主。地上に降りた傍若無人《ぼうじゃくぶじん》。ジェントルメンは生きる脅威《きょうい》に変貌《へんぼう》していた。読子が感じた親しみ、優しさは、蜃気楼《しんきろう》のように消えていた。

「……読子。おまえは帰れ」

ジェントルメンは、ようやく気づいたように、読子に声をかける。

「川を下れば、町に出よう。もうこの地で、おまえのやることは無い。英国でも日本でも、好きな場所に戻るがいい」

「……あなたは、どうするんですか?」

バカな質問を、と読子がせせら笑う。

「あの女に会いに行く。そしてファウストを引きずり出す」

「もう、グーテンベルク・ペーパーは無いんですよ? それでも……」

「知識がヤツの頭にあるのなら、入手する方法は幾らでもある」

読子は詳しく知らないが、ジェントルメンは触れた生物を〝進化〟させる能力を持っている。ファウストを捕らえ、強引に〝進化〟させれば。彼はグーテンベルク・ペーパーから得た能力を使うだろう。いや、使わざるをえない。その公算が、ジェントルメンにはあったのだ。

読子は、自分の説得が失敗に終わったことを知った。いや、最初から彼女は相手にされていなかったのだ。

「どうしてそんなことをするんですか……。話しあったら、わかりあえるのに」

すがるような読子の声に、ジェントルメンが、初めて眉《まゆ》をしかめる。

「人間は、決してわかりあえない。わしはそれを、おまえの何万倍も知っている」

その断言は、読子の反論をバッサリと否定した。

「おまえは本ばかり読んで、甚《はなは》だしい勘違《かんちが》いをしている。文化を、文明を、そして叡智《えいち》を作るのは力だ。言葉はただの虚構にすぎない。何億冊本を読んでも、争いは止められないのだ」

大英図書館、そして大英博物館を治める者とは思えない、痛烈な一言だった。

そして読子は、皮肉にもその言葉によって動けなくなった。ジェントルメンの断言、その裏に潜む彼の激烈な過去の残影が、彼女を威圧したのだ。

「わしは行く。火の始末は頼んだぞ」

さりげなく、実にさりげなくジェントルメンは身を屈《かが》め、宙へと跳んだ。

「⁉　待ってください！」

その言葉すら、ジェントルメンの影に届かなかった。ジェントルメンは現れた時と同じく、瞬時に消えた。

「…………………」

読子は、彼の残した言葉を思い返していた。

「言葉はただの虚構にすぎない」

「何億冊本を読んでも、争いは止められない」

そして、

「人間は、決してわかりあえない」

その一言が、胸の奥に重たく横たわっている。

彼女は祈るように、ただ一冊の本を力を込めて抱くのだった。


三時間の仮眠は、驚くほど肉体を回復させた。

特殊工作部内の私室を出る頃、ジョーカーはまるで一週間の休暇明けのようにリフレッシュされていた。

「お待たせしました、皆さん」

司令室に入った彼を、スタッフが出迎える。といっても、視線を向けただけだが。

唯一、言葉を投げかけてきたのがマリアンヌだった。

「……元気になったみたいね」

「おかげさまで。寝る子は育つ、とは東洋のコトワザですが、よく言ったものですね」

けろりとした顔で、中央のシートに腰を落としたジョーカーに、マリアンヌが近寄る。

「公式発表のスピーチは用意させてるわ。開始の一時間前までには渡させるから」

「了解しました」

三時間の間に、世界各地で動いた情勢をチェックする。その耳に、マリアンヌがそっとささやいた。

「……戦術試験部から、データがきてるわ」

「おや、そうですか」

平然と答えるジョーカーに、マリアンヌの声が硬くなる。

「本気で試算させたの？　核兵器なんて、どこで誰に使うっていうのよ⁉」

あくまで声は抑えたままだ。しかし緊迫した空気は、周囲にじわじわと広がっていく。

「どこで誰に使うかわからないから、準備だけしてるんですよ。万が一です」

マリアンヌは黙って、ジョーカーを見つめた。

「………信じてくださいよ、マリアンヌ。私がそんな無茶な男に見えますか？　気配りと口《くち》八丁《はっちょう》で、どうにかここまできた男ですよ、私は」

休息を得て、より魅力を増した笑顔をサービスする。

「……今さら、その顔に騙《だま》される私じゃないけど……」

マリアンヌは、乱れかけてきた髪に手をやった。

「オーケー。今はあなたを信じるわ。確かにそんな度胸、あなたにあるワケないものね」

「そのとおりです。小心者ですよ、私は」

緊張が解けて、ふうっ、とマリアンヌの肩が落ちる。

「……今度は私が休ませてもらうから。三時間経ったら、誰か起こしに来させて」

「わかりました。いい夢を」

ジョーカーは、ふらふらと私室に向かうマリアンヌを見送り、各国のパワーバランスシートに視線を戻す。

「ジョーカーさん」

聞き慣れない、若い声が耳に届いた。一瞬ウェンディかと思ったが、よく考えれば彼女は休暇のはずだった。

「はい？」

聞き慣れない声の持ち主は、見慣れない少年だった。おそらくはまだ一〇代だろう、怯《おび》えたような目でジョーカーを見ている。

「ええと、どなたでしたっけ？」

組織体制の変更後、各組織からは支援のスタッフが多量に送られてきた。中枢《ちゅうすう》は知人で固めているが、それでも幾人かは顔と名前が一致しないメンバーもいる。セキュリティの面では問題なのだが、今はIDパスと入出ゲートのチェックを信頼するしかない。

「バッキンガム宮殿から来ました、陛下《へいか》の使いのモーリスです」

「！　これは失礼を」

ジョーカーは思わず立ち上がり、握手の手を差し出す。か弱い腕でそれに答えて、モーリスは微笑した。

「先ほど、ご相談された件ですが。陛下は今なら、あなたと面会するとおっしゃっています。表に、車を用意していますが？」

ジョーカーは息を呑《の》んだ。これほど早い、かつ強引な返答があろうとは。

モーリスは、周囲を見渡してジョーカーに訊《たず》ねる。

「お忙しいのですか？　……なら、後日改めてとお伝えしましょうか？」

それがわかってここまで来ているくせに。案外、喰えない小僧なのかもしれない。

「とんでもありません。喜んで、お伺《うかが》いさせていただきます」

ジョーカーは、幾つかの指示を飛ばして、モーリスと共に司令部を後にした。「誰か、マリアンヌを起こしてください」という一言を忘れて。

「おっかーをこっ、えー♪　ゆこーお、よー♪」

森の中に、不似合いな明るい歌声が響く。

『くっちぶえー♪　ふきつー、つー♪』

その声に、能天気な声が重なって合唱となった。

男一人、女五人、幼女一人。静かな森の中を、奇妙な一団が進んでいる。先頭に立って歌っているのは幼女、いや幼女の外観をした読仙社頭首である。その名はチャイナ。

後ろから歌声を被《かぶ》せたのは、甲羅《こうら》のように丸くて大きな文鎮《ぶんちん》を背負った少女、茜《シー》。静《ジン》、帆《ファン》、薇《ウェイ》、琳《リン》、他の四人とあわせてチャイナを護衛する〝五鎮《ごっちん》姉妹〟の一人だ。

そして残る男が読仙社幹部、〝四天王《してんのう》〟と呼ばれた王炎。

ジェントルメンの襲撃を受け、本部が壊滅した今。彼女たちは文字通りの生き残りであり、読仙社の存亡を担《にな》う中枢メンバーである。

「ラランランランラン♪　ヤギさんもー」

「メーメー」

チャイナの歌に、茜がヤギの鳴き声で応える。傍《はた》から見ると、逃避行というより、ピクニックのような雰囲気《ふんいき》だ。

「あの……おばあちゃん、できればもう少し、小さい声で歌ってもらえませんか？」

長姉の静が、恐縮しつつも声をかける。その背には、身の丈《たけ》よりも長い文鎮が背負われている。五鎮姉妹はその名の通り、文鎮を武器として使う一団なのだ。

「なんで?・」

問い返すチャイナの顔は、七、八歳の幼女そのものだ。しかしその中身は、人類発祥《はっしょう》の頃から生き続ける魔人なのである。ずいぶんと軽いノリの魔人ではあるが。

「……誰かに聞かれたら、居場所を知らせることに……」

「こんな山の中で、誰が聞くっての? それに居場所がバレたからって、このメンバーなら誰が襲ってきても平気でしょ」

「はぁ……」

生真面目《きまじめ》で、責任感の強い静としては、たとえ読仙社本部が自分たちだけになった今でも、いや今だからこそ、チャイナの護衛役を完璧《かんぺき》に務めたいのだ。

「琳ちゃん、なんか気配あるー?・」

「……昆虫と鳥類と小動物以外は、ありませんね」

左右の森、その木の上から声があがった。一応、薇と琳の二人が木の枝から枝へ飛び回り、一同のレーダーとなっているのだ。

「なんか出てきたら、殴《なぐ》りまわしてやらぁ!」

帆が文鎮でできた三節棍《さんせつこん》を構える。姉妹の中でも一番活発、かつ単純といわれている彼女らしい威勢のよさである。

「不必要に騒ぐな！　私たちの役目はおばあちゃんの護衛だぞ！」

静の強い口調に、帆のみならず、他の妹たちも身をすくめる。

「まあまあ静ちゃん、そんなに堅くならないで」

チャイナが助け船を出す。ヒラヒラと手を振って、空気を和《やわ》らげるように。

「どうせ追ってくるのは、あのバカジジイだから」

欧州《おうしゅう》では畏怖《いふ》と脅威の象徴――ジェントルメンも、チャイナにかかればただの別れた夫、〝バカジジイ〟呼ばわりだ。

「アイツが近づいて来たら、さすがに気配でわかるし。それまでは気楽に行きましょうよ。熊とか虎とかサイぐらいだったら、遊んでても追っ払えるでしょ？」

帆と茜が顔を見合わせる。

「……中国に、サイっているのか？」

「さぁ～？　でもアフリカにいるんだから、いてもいいんじゃないかな～？　ホラ、ここと一応、地続きだし～……」

非公式ではあるが、他の三人は〝おとめ組〟、この二人は〝バカ女組〟と分類されている。

理由はまあ、いうまでもないだろう。

「それにホラ、この面子《めんつ》でピクニックなんて、今までになかったじゃない。この機に親睦《しんぼく》を深めましょうよ」

「あー、それ賛成ねー」

「……薇ちゃんに同じ、です」

チャイナの提案に、左右の上方から、薇と琳が賛意を表明した。親睦を深める、というフレーズに静が反応し、隣に立っている王炎を見る。それまで黙っていた王炎は、困ったように頭に手をやった。

「……今さら、なんで親睦を深める必要があるんですか」

どうやら静の反応には気づいていないらしい。彼もまた、生真面目さでは彼女と似たりよったりなのだ。

「それより、無駄《むだ》なエネルギーは使わないでください。もうお歳《とし》なんですから」

その一言にチャイナが立ち止まり、振り向く。

「……そういうコトずばっと言うと、モテないわよ」

「モテる必要はありませんから」

聞きようによっては、鼻につく言葉である。しかし王炎の過去を知る者なら、それが深い哀しみと自分の役割に対する覚悟からきているものだと容易にわかる。だから静としても、最後の距離を歩み寄れずにいるのだが。

「まったく。……私が生きてる間にその堅物《かたぶつ》がちょっとは柔らかくなるといいんだけど」

「そんな姿が見たかったら、あと最低一万年は生きていただかなければ」

なんだかんだと言っても、王炎とチャイナのやり取りは、聞いていて笑みのこぼれる明るいものになっている。

読仙社の崩壊《ほうかい》、最終決戦への道行きという現状において、平常の空気が戻ってきたのはいいことだ。

「でも、女の人ナンパしたり、ギャンブルに溺《おぼ》れる王炎さんは見たくないな～」

「……あたしなんか、想像すらできねーぜ」

「それはそれでカッコいいかも、ねー」

「……意外な一面、というヤツでしょうか」

バカ女組の妄想《もうそう》に、おとめ組までもがノってきた。

「おまえらっ！　失礼な想像をするんじゃない！　たとえ一万年経っても、王炎さんがそんなことするわけないだろうっ！」

真の〝おとめ〟である静が、再度声を大にする。その勢いに驚いた小鳥が、どこかの枝から飛び立っていった。

「……ありがとうございます」

苦笑を浮かべる王炎に、静が恐縮した。

「！　いえっ、おそまつさまで……」

顔を赤くし、微妙に誤った答えを返す静を見て、妹たちが「あーぁ」と顔を見合わせる。

静が王炎に好意、いやもう確実な恋心を抱いているのは周知の事実だ。文鎮捌《ぶんちんさば》きの腕も指導力も一番でありながら、こういう分野はからっきしの長姉を応援したい。そう思っているのだが、このペースでは告白するだけでも何万年かかるかわからない。戦いは、刻一刻と迫っているというのに。

その心境はチャイナも同じらしく、二人を見てやれやれ、と首を振る。

彼女にしてみれば、香港《ホンコン》時代の王炎を知るからこそ、もう少し平穏な生を送らせてやりたいとも思う。一時は、読子という〝紙使い〟が同族として彼にいい影響を与えないかとも考えたが……。

王炎の中の氷は、想像したよりも大きく、重い。

チャイナは身を翻《ひるがえ》し、また歩き始めた。当然王炎たちも、その後にぞろぞろと続く。

思えば、これから向かう〝約束の地〟に、ジェントルメンと初めて立った時。二人の後ろには、何万という人間がついてきていたものだ。

今は、この六人が仲間であり、〝家族〟である。

チャイナは決して口に出さなかったが、おそらくは人生の最後の旅路で、彼らが同行してくれていることに深く感謝していた。

その一行に、彼が入っていたら。

チャイナは迷いなく彼を〝家族〟とすることだろう。王炎にとってはただ一人残された友だし、五鎮姉妹たちも拒《こば》む理由などあるわけがない。

ただ、彼自身――凱歌《がいこー》はきっと、なんとも言えない居心地《いごこち》の悪さを感じたに違いない。彼は沈黙を好むし、そうされることになんの不満もないのだ。

彼の関心と忠誠は、連蓮《りんりー》にのみ向けられている。彼女が大英図書館でファウストに殺された、あれからも。

今凱歌が行動しているのは、連蓮がチャイナに仕えていたからだ。志《こころざし》半ばで倒れた彼女の遺志を、完遂《かんすい》させるために他ならない。

しかしだからこそ、凱歌には迷いがない。どんな状況にあろうと、怯《ひる》みもせず、恐れもせず、自分のするべきことをやってのける。

その凱歌が、大平原の中央に立っている。

周囲は緑の草とわずかな岩だ。何キロ先まで見渡しても、人間はおろか動物の姿もない。あるいは何千年か前、武将の騎馬たちがこの場所を走ったかもしれないが、今はただの平和で、圧倒的な自然の一幕だ。

本部の壊滅を知った後、凱歌は香港支部に連絡を取った。

彼らも、突然の読仙社中枢《ちゅうすう》部消滅に困惑していた。情報に飢《う》えているのは向こうも同じだった。怪物の跋扈《ばっこ》、生存者ナシ。見たままを告げて、凱歌は通信を切った。

さて、どうするか。

決まっている。王炎と合流するのだ。

凱歌は彼が死んだとは、毛頭思わない。その腕はよく知っているし、それでは〝連蓮の望みが潰《つい》えてしまう〟ことになるからだ。

頂《ディン》一号は、香港支部に向かわせた。ナンシーを逃した今では使用することもないし、大陸の中で行動するなら邪魔《じゃま》なだけだ。

そう、もともと邪魔なのだ。

凱歌は生身で動くのが好きなのだ。それも、できるだけ少人数で。自分一人、というのは願ってもない状況だった。

問題は、王炎が今どこにいるかを、知ることだった。

そのために、彼はこの大平原にやって来た。なるべく障害物の少ない場所を、と選んだ結果だった。

凱歌の力は歌である。彼の歌は音波となって敵を攪乱《かくらん》し、攻撃する。

それだけではない。こういう状況においても、彼の喉《のど》は有効活用される。

口をわずかに開けて、すぼめる。細く、高い音が漏《も》れ聞こえるが、すぐに人間の可聴域を超える。

それは彼方《かなた》の山々に当たって、戻ってくる。その感覚で、なにがあるかを聞き分ける。それをずっと繰り返す。

風の音。岩肌。草のなびき。動物の唸《うな》り……。凱歌の人間離れした耳は、音をジャンルごとに区別していく。並はずれた集中力の賜物《たまもの》だ。

何時間かそうしているうちに、音の中に、異なるパターンを発見する。

「……………………………」

意識を集中し、その正体を探る。……言語だ。声質は複数、会話がなされている。

徐々に、方向と距離、波長を絞《しぼ》っていく。音の中で声が鮮明に浮かんでくる。

……て……かな……。…………に　こしたことは……。

女だ。聞き覚えのある声だ。声紋《せいもん》は人によって皆違う。凱歌は脳内のデータベースで、波長を検索する。

……あいつらだ。おばあちゃんの親衛隊の、騒々しい娘たちだ。そう思い当たった時、間違いようのない声が届いた。

……ありません。今度会ったら……。

王炎の声だ。間違いない。

……戦って、殺します。

「？」

誰のことだ？　……おそらく、読仙社を襲撃した者のことだろう。今度会ったら、ということは、王炎の顔見知りなのか？

「…………………」

とにかく、王炎とあの娘たちの生存は確認できた。まずは合流が先決だ。凱歌は口を尖《とが》らせ、鋭く息を吹いた。

ぞうっ、と強い風が流れて草を倒す。凱歌の足下から、遙《はる》か彼方《かなた》に至るまで、草が倒れて一直線の道となった。この先に、王炎たちがいる。

「………………？」

少し意外ではあった。一同は香港にでも向かっているかと思ったが、この地、四川《しせん》から北西の方角に進んでいる。その先にあるのは……。

「……コンロン？」

そんなところに支部はない。一体、なぜ？

「…………………」

考える必要などない。なにがあっても追いかけて、合流するだけだ。それが、連蓮のためになるのだから。

凱歌は走り出した。大草原に出現した、ただまっすぐな道を一直線に。

『……現在、通信がたいへん繋《つな》がりにくくなっております。しばらくお時間をあけて、もう一度おかけなおしください……』

「一般電話じゃないんだぞ！」

こんな時でも英国らしい、人をくったテープの内容にドレイクは、思わず大英図書館特殊工作部への直通無線機を床に叩きつけそうになった。

振り上げた手を降ろせないのが、よくも悪くも自分という人間だ。

「……私のほうもよ。どういうことかしら？」

同型の通信機をいじりながら、ナンシーがつぶやく。

二人の後ろでは、ドレイクが集めた四人の傭兵《ようへい》チームが様子を伺《うかが》っている。

「おいドレイク！　いったいどれだけ待たせる気だ⁉」

「待つのも兵隊の仕事の一つ、って言ってたのはドナルドさんですよね」

いかにも傭兵、という強面《こわもて》のドナルドを、童顔のフィがまぜっ返す。彼にしても気が長いほうではない、苛立《いらだ》っているのは、せわしなく動く踵《かかと》でわかる。

「まあまあ二人とも落ち着け。ところでドレイク、この時間ぶんは延長料金に含まれるんだろうな？　とにかくそれだけ確認してくれないか？」

「ねぇ、それってアメリカに電話できる？　ジョナサンに一言、おやすみを言いたいんだけど」

あくまで冷静に、しかし報酬《ほうしゅう》のことだけは忘れないウォーレンに、命よりも世界よりもまず息子のことを考えるグロリア。

読子のサポートで集まったメンバーは、ここ、上海《シャンハイ》のホテルで未だ足止めをくらっていた。

「全員、落ち着け！　……今は黙ってポーカーでもしてろ」

「してたわ。私が二六勝」

ウォーレンが、上機嫌な指先で勝敗のメモをなぞる。

「そして俺が三一勝」

憮然《ぶぜん》としているのは、ドナルドとフィだ。

「……俺が九敗」

「僕なんか！　四八敗ですよ！　これ以上してたらギャラ全部、仕事する前に取り上げられちゃいますよ！」

フィの苛立《いらだ》ちは、ポーカーの勝敗も大きく影響しているようだ。ドレイクは皺《しわ》の寄る眉間《みけん》を指で押さえた。

「……なら、みんなでしりとりでもしてろ。平和的にな」

まるで遠足の引率《いんそつ》だ。早いとこ、この連中を傭兵らしい危機的状況に放り込まなければ、自分の精神が保たない。妙な話ではあるが、全員〝仕事中〟の方が手間がかからないのだ。

そのために、ジョーカーに連絡を取ろうとしたのだが……。

「あいつ、寝てるか、どこかに出かけてるんじゃあるまいな?」

「それにしても、フォローぐらいはしておくでしょ?」

ドレイクもナンシーも、自分たちがすっかり後回しにされていることには気づいていない。それはつまり、読子も含めて、の話なのだが。

「ヴィクトリアスも、連絡がとれないそうよ。あっちはそれこそ直属だから、文句一つ言わずに待機してるみたいだけど」

ナンシーの言葉に、ドレイクは考え込んだ。

「……待つだけなら文句はない。だが、状況が変わらないなら最低でも六時間に一度は、命令の継続を伝える、と契約にもある。ここが現場なら命取りだぞ」

ふう、と息をついてナンシーが肩をすくめる。

「そっちも、あんまりいい扱いは受けてないのね。〝困った時は使い捨て〟、ってのはエージェントだけかと思ってたけど?」

「ジョーカーが捨てないのは、向上心だけだ。……しかしまいったな。あとどれだけ、待たせる気だ……」

「じゃあ私は用事があるから、これでね」

ナンシーがツカツカと歩き出す。ドレイクは慌《あわ》てて、その腕を摑《つか》んだ。

「おい! どこ行く気だ!?」

「言わなくてもわかるでしょ？」

振り向いたナンシーは冷静だ。だが、その目には決して揺らがない意志の色がある。一人で、読子を助けに行くつもりなのだ。

「どこにいるか、わからないだろう」

「アローンに探させるわ。場所が国内なら、こっちのほうがまだマシよ」

「そんなギャラは、大英図書館からは出ないぞ」

「必要経費で落とさせる。私の仕事は、あの子のサポートだもの」

ぐいん、と感覚だけを残して、ナンシーの腕がドレイクの手から抜け出した。透過能力を使ったのだ。

「このスーツに、あの銃を見たらわかるんじゃないの?」

ナンシーは、私服の下にミッション用のボディースーツを着込んでいる。彼女は既に、臨戦態勢なのである。

まったく、不思議な女だ。

ナンシーではない。読子である。なぜこんな短期間で、これだけ人の心中に深く入り込むのか。バカがつくほどのお人好し、ということ以外にロクな美点など思い当たらないのに。

ナンシーのことはよくわかる。結局彼女も、ドレイクと似た者同士だからだ。

「……連絡を取る。少し待て」

「どうせ、通じないじゃない」

ドレイクは、プライベート用の手帳を取り出した。

「ジョーカーじゃない。別の相手だ」


英国人は二つの顔を持つ。

本音と建前《たてまえ》を使い分ける彼らに対する、よく言われる比喩《ひゆ》である。しかしそれは決して悪い意味ではあるまい。『ジーキル博士とハイド氏』を例にとるまでもなく、その方が〝おもしろい〟ではないか。

ジョーカーはバッキンガム宮殿の中を歩いている。先導しているのは、モーリスだ。

何度か女王と謁見《えっけん》の名誉《めいよ》には授かったが、それはいつも彼女の側近の老女が同席してのことだった。

仮眠を取る前に、ジョーカーは女王宛《あて》のメールを送った。英国内でも二〇人と知る者のいないアドレスだ。ジェントルメンの口添えあってこそ、の話である。

内容は、「緊急、内密にてご相談申し上げたいことがございます」と短いものだった。その返答が、モーリスだ。年端《としは》もいかない美少年だ。

つまり、女王は。ジョーカーの持ちかけてくる話が、非公式のものだと察知したのである。

その証明が、いつもの老女ではなくモーリスなのだ。

モーリスは、暗い廊下《ろうか》を声もなく、宮殿の奥へと歩いていく。謁見用《えっけんよう》の部屋でないことは明らかだ。

女王陛下の裏面に触れられる。話も早い。緊張よりも、高揚《こうよう》のほうが強い。

迷路のように幾つも角を曲がって、モーリスは止まった。

「どうぞ、中へ。陛下《へいか》がお待ちです」

「……ありがとうございます」

せいぜい演劇的に礼をして、ジョーカーはドアをノックした。

「……お入りなさい」

樫《かし》の重いドアの向こうから、はっきりとした声が返ってきた。


その中は、カーテンも閉められた薄暗い寝室だった。

中央には、薄いカーテンの下がった豪奢《ごうしゃ》な寝台がある。顔や姿はよく見えないが、そこに女王が上半身を起こして座っている。

「大英図書館特殊工作部司令部、ジェントルメン代行のジョーカーです。謁見をご承諾《しょうだく》いただき、おそれいります」

うやうやしく頭を下げるジョーカーの後ろで、モーリスがドアを閉めた。カチッ、と鍵《かぎ》を回す音は聞き逃せない。

「この数日、ずいぶんとがんばっているようね、ジョーカー。ジェントルメンも感心なさることでしょう」

まだだ。まだ女王は裏の顔を見せない。

「お褒《ほ》めいただき、感謝の極《きわ》みです」

「……なにか、私に手伝ってほしいの？」

ジョーカーはゆっくりと頭を上げた。

「ええ。まことに恐縮ながら、陛下の許可をいただきたい緊急事項がございまして」

モーリスが、ゆっくりと体重を軸足《じくあし》に移動した。なにかのアクシデントに対応できるように。やはりただ者ではなかったか。

「どういうことかしら？」

「ジェントルメンに対して、核攻撃の許可を」

沈黙は、わずか一秒にも満たなかった。しかしその部屋の三人にとって、それは永遠に近い長さだった。

モーリスが動いた。ジョーカーの背に立ち、手首の関節を取った。痛みこそ軽いものの、これでもうジョーカーは動けない。

「見事な動きだ。……エージェントになりませんか？」

「……陛下。いかがなさいますか？」

最初に見せた、怯《おび》えた表情は消えていた。モーリスはジョーカーの言葉を無視して、女王の指示を待つ。

「本気なの？　とは聞かないでおきましょう」

「それは時間が節約できますな」

ぎり、と手首がわずかに捻《ひね》られる。ジョーカーは不躾《ぶしつけ》とは思いながらも、眉《まゆ》を動かした。

「……なぜ、そんなことをしようと思うの？」

「……今が、英国独立の、真の、そして最後のチャンスだからです」

「英国は独立してるわ。ジェントルメンだって、大きな判断以外は私たちに委《ゆだ》ねてくれてるでしょう？」

ジョーカーは、額《ひたい》に汗が滲《にじ》み始めたのを知っていた。

「……いいえ。これは独立ではありません。なにより、あなたがカゴの鳥から脱さねば、英国は真の意味で自立を果たせません」

カーテンの向こうで、女王が大きく息を吐いた。

「……私が、ジェントルメンの娘だと知って、それを言ってるのね？」

「!?」

手首を摑んでいた力が緩《ゆる》んだ。モーリスが、女王の言葉に衝撃《しょうげき》を受けたのだ。程度の差はあれ、それはジョーカーも同じだった。持参した爆弾に、彼女の方から点火するとは。

「……ええ。証拠もあります」

この説得に失敗したら、死ぬな。不思議と、ジョーカーの心は浮いていた。一度、あの花園でジェントルメンと対峙《たいじ》した経験があるからかもしれない。

「……証拠なんて、はかないものよ……」

大英帝国時代から、幾つもの証拠が取り上げられ、消えていったことだろう。女王の呟《つぶや》きは、それを想像させた。

「確かに。しかし事実は変わらない。宇宙が消滅しても、たとえ神の手を以《もっ》てしても、一度決まった事実を変えるのは不可能です」

ジョーカーは、ここぞとばかりに言葉を紡《つむ》ぐ。

「ジェントルメンが、これだけ変転した世界情勢の中で、英国に固執しているのは、あなたがいるからだ。実の娘であるあなたを愛しつつ、それが自分の異形《いぎょう》の証拠であると明かされることを恐れているからだ。くわえてあなたも！　人外の父親を敬愛しつつも、常にその血を呪っている」

女王は返答しない。だが、寝台の上で静かに熱を上げていく。

「それはつまり、あなたの生がジェントルメンと同じだからです。名を変え、姿を変え、幾多の人を葬《ほうむ》って王室に留まり続ける姿は、力にこだわり続ける彼とどこが違いましょう、陛下？」

こんなヨタ話、信じられるわけがない。しかし女王は笑わなかった。怒りもしなかった。ただ無言を貫《つらぬ》いている。それが、モーリスには衝撃だった。

「……だがあなたは魔人ではない、人間だ。皮肉にもそれを証明したのはファウストです。彼との逢瀬《おうせ》が、あなたを人に留めている。その思い出を五〇年も持ち続けられるお方だからこそ、英国国民はあなたを愛せるのです」

ファウスト、という名前に女王の肩が動く。モーリスも、そしてジョーカーもそれを見過ごさない。

「しかしそのファウストを、ジェントルメンは葬るおつもりです。今度こそ完全に、あなたから存在を奪おうとしておいでです」

「……それは……彼が、中国に逃亡したから……」

「あなたはそれで、納得できますか？　そもそもあなたたちの仲を裂いたのは、ジェントルメンでしょう？　王室への介入を恐れてのご命令だったのではありませんか？」

なんで自分はファウストを擁護《ようご》しているのか。説得の手段とはいえ、ジョーカーは思わず笑いそうになった。

「あなたはまだ、娘としての親愛があるかもしれない。しかし、彼は違います。このヨーロッパで彼が築いたものは、すべて権勢を維持する道具にすぎません。英国王室もその一つ。お疑いなら後ほどテープをお聞かせします、陛下。ジェントルメンははっきりとおっしゃった。王室は続くが、あなたは死ぬ。見捨ててなにが悪い？　と」

「…………………………」

返事は無かった。

長い沈黙が部屋に満ちる。いつしか、モーリスは手首を離していた。呆然《ぼうぜん》と、寝台とジョーカーを見比べる。自分が聞いた話が、真実か確認するように。

ジョーカーは手首の具合を確かめ、やや乱れた髪を撫《な》でつけ、改めて女王に話しかける。

「……ご決断ください、陛下」

暗がりの中に、女王の声が落ちる。

「……核で、あの人が止められるのですか？」

「必ずや」

断言したが、ジョーカーにも確信はない。だが、ここで他の答えを言うわけにはいかない。どのみち、それが無理なら彼を倒す手段は地上にないのだ。

「………………」

女王が動いた。

音も立てずに寝台から床に降りる。カーテンを開け、彼女はジョーカーとモーリスの前に立った。

美しかった。

外部に赴《おもむ》く時の姿とは異なる。

若く、美しく、瑞々《みずみず》しい生そのものだった。誰がこの姿を、英国の女王だと思うだろう。

これが女王の裏の顔だ。

女王は民に愛されるその裏で、MI6《エムアイシックス》に殺人許可証を手渡すのだ。

もう一秒も沈黙が続いたら、ジョーカーも魅入《みい》られていたに違いない。まさにその寸前、彼女は口を開いた。

「……ジョーカー」

ジョーカーは慌《あわ》てて膝《ひざ》を折る。モーリスも、それに習った。

「……あの人を、眠らせてあげて」

「仰《おお》せのままに」

頭を下げたまま。ジョーカーは、人知れず微笑した。


運命の決断が下されたとも知らず、男は道を進んでいく。

読子と離れたジェントルメンは、悠然《ゆうぜん》と中国の地を歩いていた。跳んで一気に向かおうかとも考えたが、力の残存量を考えて徒歩を選んだ。無論、すべてそれでは埒《らち》が明かないので、時折崖《がけ》を下り、川を飛んで〝省略〟はするのだが。

あえて歩くことで、目に入るものもある。

岩や木、その中に出現する寺院や田、畑。家畜の群れ。強風に舞う砂。

英国では目にする機会のないものだった。

「…………ふん…………」

消えかけた記憶の中に、それらが甦《よみがえ》ってくる。夢の中では幾度も見てきたものが、今現実と一致した。

ああ、こういうものだったな。

こういうところで、生きてきたのだったな。

懐かしく感じる自分が、不思議だ。こういう感情は、すべて捨てたと思っていたのに。

これだから、記憶というものは厄介《やっかい》だ。

何万年も昔のことが、昨日のように心を占《し》める。

「…………？」

身体にまとった毛皮に、チャイナの髪が一本残っていた。手にとり、しげしげと見つめてみる。

「…………」

あの女の、肌の匂《にお》いまで思い出した。身体《からだ》の中心に、じんわりとした熱が広がる。

「…………ありえん……」

あの女に対して、憎しみ以外の感情が出てくるとは信じがたい。

ジェントルメンは、髪の毛を川に放った。それは、流れの中に消えて見えなくなった。このように、捨てるのだ。

すべての感情と過去を、あの女との戦いで捨てるのだ。よい機会だ。

そしてまた、世界をやりなおす。ファウストからグーテンベルク・ペーパーの智恵を奪い、新しい歴史を始める。

心にそう決め、ジェントルメンは走り出した。


すべてのベクトルが一点に向かう中、一人、目標を見失いつつある女がいる。


とぼとぼと、歩く。

ジェントルメンに置いていかれた後、読子はしばらくその場所に立っていた。

言われた言葉が、頭の中で渦巻《うずま》いている。

「何億冊本を読んでも、争いは止められない」

「人は、決してわかりあえない」

読子は、それに反する言葉を持たなかった。

確かに、何億冊も本を読みながら、ジェントルメン一人を止められなかったのだ。

のろのろと火を消して、石に座り込んだ。

そうしていても始まらないので、歩き出した。方角はわからない。ただ、なんとなく、ジェントルメンが消えた方に進んでみた。読子の足では、追いつけるわけもないが。

「………………」

なにかが違っている。

心に強い違和感を感じる。打ちのめされながらも、なにか絶望に沈みきれないものがある。

それが、読子を歩かせる。

ふわり、と風が吹き、読子のコートを揺らした。

「……あ……風……」

今さらながら、彼女は顔に当たる風を感じた。メガネを撫《な》でていく、静かな風を。

『そばかす先生のふしぎな学校』を胸に、読子はだらだらと歩いていく。

第二章　『そして僕は途方に暮れる』

本が好き。

死ぬほど好き。


でも同じぐらいドニーが好き。

どうしよう。


読子《よみこ》・リードマンは一九歳だった。

我が世の春を、謳歌《おうか》していた。

大英《だいえい》図書館に務め、司書として本にまみれる仕事と、愛書狂《ビブリオマニア》として本を漁《あさ》る日常を過ごしていた。信じられないことに、カッコいい（主観）彼氏もいた。

幸せだった。

「……でもみんな、言うのよ。『好きなことが仕事で、いいね』って」

大英図書館の芝生《しばふ》の上。読子は本のページをめくりながら、ぶつぶつとつぶやく。

「それはいいわよ。本当に好きなんだから。でもっ、みんな私がのほーんとしてる間に、大英図書館に務められるようになったって思ってるの！　知り合いがいっぱいいるからって、コネで司書になれたって思ってるのよ！　そういうのって、侮辱《ぶじょく》だわ！」

文句を言いながらも、ページをめくる手が止まらないのは流石《さすが》、というべきか。

「司書になるために、いっぱい勉強したし！　だいたい大学を出てから私まず、ＭＩ６に入ってるって誰も知らないの！　……まあ、四ヶ月でクビになったんだから当然だけど。それで父さんはあきらめてくれたからまあいいんだけど。でもね、その四ヶ月間、私がどれだけ苦労したと思う？　日々の楽しみが唯一、暗号解読なんて、年頃の女の子には不幸だと思うわ！　聞いてるの、ドニー!?」

ドニー・ナカジマは聞いてなかった。彼女の隣に横たわり、本を読んでいたはずの彼は、いつしかすやすやと眠りに落ちていた。

「!?　……ちょっと、ドニー！」

思わず大きな声を出しかけて、読子は口をつぐんだ。

同じ大英図書館に所属していながら、読子は表の司書として、ドニーは裏の特殊工作部員として活動している。

彼は外での任務が多いので、顔をあわせる機会はほとんど無い。こうして二人で会えるのも、せいぜい週に一度か二度だ。

「……就職する前のほうが、いっぱい逢《あ》えたなんて、なんだか詐欺《さぎ》にあったみたいだわ」

自分でも大げさかな、と思うが正直なところだ。

だからこそ、少ない時間を大切にしたい。ドニーが疲れているのもわかるけど、自分の方を向いてほしい。

いや、起きてもお互い、本を読むだけだからなにがどう、というワケでもないのだが。でもやっぱり、ドニーには自分の話を聞いてほしいのだ。

読子は、ポケットティッシュを一枚取り出し、こよりを作った。

さすがに鼻に入れるのはかわいそうな気がしたので、その先で頬《ほお》をくすぐってみる。

「…………………」

眠ったまま、ドニーが眉《まゆ》をしかめる。指を立て、ぽりぽりと頬を掻《か》く。

可愛《かわい》い。

読子はなにか、ハマってしまった。ドニーは彼女より五歳年上で、現在二四歳で、年齢差相応にエスコートしてくれるのだが、どこか少年のような部分がある。

反対側の頬をくすぐってみる。

「……………………うん……」

同じように、頬を掻く。

メチャクチャ可愛い。

写真に撮っておきたいぐらいだ。カメラを持ち歩く習慣が無いのが、残念だった。

「うわー……どうしよう……」

どうしようもなかった。読子はもう一本こよりを作って、一気に両面から襲ってみようと考えた。ところがその時。

「……よみこ……」

危機を察したわけでもあるまいが、ドニーが口を開いた。寝言《ねごと》だ。

「!?」

とはいえ、自分の名前を呼ばれて読子が動きを止める。思わず頬も赤くなる。

「…………………………」

もぞもぞと動く口に、耳を近づける。なにを続けるのか、聞き逃さないように。

「……よみ、こ。この本……貸してあげるから……そんなに、鼻息を荒くしないで……」

読子はドニーの顔に、読んでいた本を落下させた。

「!?　なんだ!?」

「なによっ！」

慌《あわ》てて目を覚ますドニーである。

「ああ、読子……おはよう」

「おはようじゃないでしょっ。……せっかく会ったのに、変な夢見ないでよっ」

「？　……なんで夢の内容まで、知ってるんだい？」

「私はなんでもお見通しなのよ。……どんな夢だか、あらすじを言ってみなさい」

不条理な注文に、ドニーは頭をかいた。

「あらすじなんて……。最初に会った頃の、まだ小さい君が……。僕が本を読んでたら、横からすごく読みたそうに顔を近づけてきて……ふんふんって、鼻息を頬にかけてくるからくすぐったくて……」

その頭を、読子が叩く。

「⁉　なんで叩くの？」

「おもしろくないのよっ！」

半分以上が自業自得《じごうじとく》、という真実を直視できず、読子はぺしぺしとドニーを叩き続ける。

「せっかく二人なのにっ。私をほっといて寝ちゃってつまらない夢を見て、しかもなに？　私、鼻息が荒くなんてないわっ！」

「ごめんっ。よくわからないけど悪かったよっ」

「そうよっ。いつでもあなたが悪いんだわっ。新刊本が売り切れるのも、稀覯本《きこうぼん》が高いのも、貸し出した本がどこにあるかわからなくなるのも！」

ようやく読子が攻撃の手を止める。はーはーと息を荒くして。思わず指摘したいところだが、鼻息も結構荒い。

ドニーは彼女が落ち着くのを、苦笑しながら見守った。五歳年下の彼女は、いつまでたっても子供っぽいところがある（読子も同じことを考えてると知ったら、どんな顔をするかわからないが）。

「……悪いと思ったら、今日、ドニーのアパートに連れてって」

大胆《だいたん》な発言にも思えるが、ドニーのアパートは蔵書で足の踏み場もない。そこで一緒《いっしょ》に本を読みたいだけなのだ。

「……今日は無理だよ。この後も仕事だ」

微妙に視線を逸《そ》らしながら、ドニーは読子のリクエストを断った。

「うそ！　どうしてそんなに、いっつも仕事なの！」

それは僕がザ・ペーパーだから。とは言えないドニーだ。彼の任務と、その内容は特殊工作部以外には漏《も》らせない。

「特殊工作部だからだよ。裏方は雑用が多いんだ」

「……いいわ。もうすぐ私も工作部の登用試験を受けるから」

その発言に、ドニーが目を丸くする。

「特殊工作部に!?　本気でくる気なのか!?」

「だって、そうでもしないと一緒《いっしょ》にいる時間がないじゃない」

特殊工作部は、大英図書館の職員の中でもさらに一握りの才能を持つ者が、登用試験と面接を経て採用される。

それだけ聞くとエリートの集団だが、実務は激しく、厳しく、プライベートはほとんどない〝現場〟なのだ。

ドニーは、指を立てて頬《ほお》を掻《か》いた。読子にとよりで遊ばれた場所を。

「……止めても、無駄なんだろうなぁ……」

「そうよ。私は絶対に、特殊工作部に行くの。そうでないと私たち、本とそのオビみたいに、いつのまにか離れればなれになっちゃってるわ」

胸を張る彼女を、ドニーがやれやれと見つめる。おそらく彼女は合格するだろう。本が好きな面では申し分ないし、仕事も優秀だ。なにより、特殊工作部の面々に好かれそうな資質がある。

三年ほど前、特殊工作部をあげて彼女の誕生日にサプライズ・パーティーを行ってから。スタッフには彼女のファンも多い。もちろんドニーの彼女と承知で、だ。

実際、読子が特殊工作部に転属してきたら。

ドニーは、彼女を気にかける時間が増えるだろう。意識するなとは無理な話だ。

「……………………」

「ドニー？　……どうしたの？」

思いの外《ほか》深刻そうな表情のドニーを、読子が覗《のぞ》き込む。不安の色を、薄く浮かべて。

これはつまり、自分が特殊工作部に来ることを、本当に疎《うと》まれているのではないか、と心配している顔だ。

「……私が行くと、そんなに迷惑？」

これが、読子の隠された一面だ。

勢いのいい時はよいのだが、精神的な揺さぶりが与えられると、すぐに萎縮《いしゅく》する。ドニー以外の相手には、むしろこちらの方が前面だ。要はまだ、中身が少女のままなのだ。まだ一〇代だし、人生経験と本で得た知識の量がアンバランスなのだろう。

「……そんなことないさ。君が望むなら」

「本当に？」

「本当だよ」

不安の色が、ようやく消える。

「……いったい、いつになったらオジャマじゃなくなるかしら？」

横から声をかけられて、顔を接近させていた二人は、思わず飛び退いた。見ると、そこにはマリアンヌが立っている。彼女も特殊工作部の所属で、ドニーとは長いつきあいだ。

「今さら、二人の仲に口だしはしないけど。せめて声をかけるタイミングだけは残しといてもらえない？」

ぎりぎり苦笑、と分類される程度に笑っている。仕事に身を費《つい》やすあまり、先月また彼氏と別れた、と噂《うわさ》の彼女には複雑なのだろう。

「……こんにちはっ。あのっ、すみませんっ」

真っ赤になって読子が立ち上がり、深々と頭を下げる。

「いいのよ。ちょっとジェラシーだっただけ」

マリアンヌは苦笑を微笑に変えて、読子に近寄り、抱きついた。

「でも、ちょっとだけオワビに抱かせてね」

「ひっ、ひぇっ!?」

強引なスキンシップに、読子が硬直する。

「あー、なんだか柔らかくっていいわぁー。どんな最高級のマットやクッションでも、全然比較になんなーい」

他人の彼女を、クッションと同列にしないでほしい。そっと思うドニーだった。

「……やっぱり、東洋系って肌もキレイね。なにつけてたらこうなるの？」

あわあわと震えながら、読子がどうにか返答する。

「なんにも、つけてませぇん……。お化粧品《けしょうひん》買うんだったら、本買いまぁす……」

愛書狂《ビブリオマニア》として、まことに正しい答えだった。

「まあ。でも二〇代になったら、そうも言ってられなくなるわよ」

感触を堪能《たんのう》したのか、マリアンヌはようやく読子を離した。

「さっさと特殊工作部にいらっしゃい。毎日可愛《かわい》がってあげるから」

に、と浮かべた笑みが、読子を怯《おび》えさせる。

「行きますけど……。あの、ほどほどに……」

捕捉しておくと、マリアンヌは別に同性愛者ではない。ただ、可愛いものと柔らかいものが好きなだけである。

「マリアンヌ。……君、なにしに来たんだ?」

ようやく、ドニーが口を挟《はさ》む。

「ああ、そうよ。ドニー、ジョーカーが呼んでるから。休憩《きゅうけい》終わったら、彼の部屋に顔出してくれって」

まるでパンクスの呼び出しではないか。特殊工作部のこの、独特な空気がはたして読子にあうかどうか。

「わかった。後で行くよ」

「お願いね。じゃあ、ごゆっくり」

マリアンヌはウインクを残して、去って行った。彼女は三年前、サプライズパーティーの時に読子を家まで送る、という役目を果たした。それから時々、今のように二人が一緒にいる時に乱入してくるのだ。彼女は彼女なりに、読子のことを気に入っているに違いない。

気がつけば読子は、ドニーのシャツの裾《すそ》をしっかりと握っていた。

「……特殊工作部って、みんなマリアンヌさんみたいなの？」

「……いいや、彼女はマシなほうだよ」

ドニーが珍しく、イタズラ心を出して読子をからかった。

「…………………………」

読子はあっさりと裾を離し、ドニーの頭にチョップを一つ、くらわせたのだった。


「いいですね。青春を満喫《まんきつ》している人は」

部屋に入るなり、ドニーはジョーカーから皮肉を浴びせられた。

「……満喫なんかしてないよ。仕事に追われてマトモな睡眠すら取れないんだから」

本心からではないが、多少の棘《とげ》を混ぜて返答する。もう長いつきあいだ、このぐらいは日常会話なのである。

「それは私も同じですよ。……となると、可愛《かわい》らしい恋人がいるだけ、あなたのほうが恵まれている」

一年前から、ジョーカーは特殊工作部内に私室を持っている。その管理能力が認められて、晴れて正式な統括《とうかつ》部長になったのだ。本人曰《いわ》く、「この部屋と引き替えに、プライベートな時間を七〇％は失いましたがね」とのことだが。

特殊工作部に入ったのは同期だが、ドニーとジョーカー、二人の立場は上司と部下に変わったわけだ。「だからといって恐縮しないでほしい。今までどおりに、酷使《こくし》するだけですから」と言ったジョーカーの笑顔に、ドニーは苦笑で応えたものだ。

ともあれ、二人の関係にあまり変化はない。〝すべての叡智《えいち》を英国へ！〟のスローガンのもと、今日も合法非合法を問わない任務に勤《いそ》しむだけである。

「君だって、三〇％のプライベートの中で、きちんと恋人を作っているそうじゃないか。バーカー氏の娘さんとオペラを観に行ってた、って目撃者もいるぞ」

ジョーカーは、封筒から書類を取り出しながら、素《そ》っ気《け》なく言ってのける。

「それも仕事のうちですよ。氏の蔵書のリストを作るために、近づいたんです。でないと誰がオペラなんて退屈なものに行きますか」

逆襲の一手をかわされて、ドニーは眉《まゆ》を動かした。

「実を言うと、その一件もわが特殊工作部が誇る優秀なエージェントにお願いしようと思ったのですが、彼は可愛らしい恋人とロマンスの真《ま》っ只中《ただなか》ですから。いらぬ誤解が生まれては、と思いまして。僭越《せんえつ》ながら出向いた次第で」

そこまで言われては、ドニーも頭を下げるしかない。

「…………すまない」

親近感を込めて、ジョーカーが微笑した。

「いいんですよ。どのみちあなたには、向いてない類《たぐい》の任務です。……女性がらみの任務に関しては、別働隊を設けましょうかねぇ」

これは皮肉ではない。実際、ドニーは女性を騙《だま》したり、籠絡《ろうらく》したりするのがとても苦手なのだ。たとえ本がからんでいても。

「そのぶん、できることはさせてもらうよ。用はなんだい？」

「これです」

ジョーカーは、目を通していた書類をドニーに向けた。

「後で、目を通しておいてください。先に断っておきますが、汚い類の任務ですよ」

「どのぐらい？」

「二、三日は酒か女に溺《おぼ》れたくなる程度、でしょうか」

「……………………」

軽く目を落としていたドニーが、眉をひそめる。

「あなたはお酒、やらないんですよね。……溺れるどころか、女には飛び込みもしないでしょうし。だとしたら、この後休暇を用意させましょう。存分に本を読み漁《あさ》るか、彼女とお逢《あ》いになったらどうです？」

普段は見せないその気配りが、却《かえ》って任務の汚さを予想させる。

「ただ、その代わりというわけではありませんが。この任務は必ず遂行《すいこう》してほしい。頼みますよ」

「ああ……」

ドニーは力無く頷《うなず》いた。そうするしかなかった。

空気を変えようと思ったのか、ジョーカーが別の話題を切り出した。

「そういえば。次回の特殊工作部登用試験に、彼女がエントリーしてきてますね」

「読子のことかい？　さすがに耳が早いな」

「一応、ここの責任者ですから」

それはそうだ。どうかしているな、とドニーは書類を封にしまった。後で頭を落ち着けて、読むことにする。

「彼女が来たら、ちょっとしたアイドルになりますね。大英図書館創設以来の本好き、と噂《うわさ》も知れ渡っていますし」

「それが理由で、採用にしないでくれよ」

「当然、審査はさせてもらいますよ。しかし下調べの段階で、本に関する知識、能力はほぼ申し分ない。お父上はMI6、身元もハッキリしていますし」

おそらく、ジョーカーの机の引き出しには既に、読子の資料が入っているのだろう。ドニーも知らない項目もあるかもしれない。

「面接は、君がするのかい？」

「一応、ここの責任者ですから」

ジョーカーは、同じ答えを繰り返した。

「といっても、私一人ではありませんが。補佐が二人つくことになります。君、やってみませんか？」

ドニーは肩をすくめた。それはいい見せ物になれ、というのと同義語だ。

「遠慮《えんりょ》しておくよ。面接室に僕が座っていたら、きっと彼女に殴《なぐ》られる」

「そういう一面もあるのですか。これはまた、興味深い」

ジョーカーの目の奥に、好奇心の色が光る。おそらくこれは、オペラ座などでは見せない色なのだろう。

「まあ、そちらはそちらで。早く、誰に遠慮《えんりょ》することなく人事を操れる独裁者になりたいものです。……そんな私のささやかな願いのためにも、任務をヨロシク」

ドニーは頷き、乱雑に本と資料が積み上げられたジョーカーの私室を後にした。


引っ越ししないとな。

アパートメントのドアを開ける度《たび》にそう思う。

ドニーのアパートは、ベイカー街にある。愛書狂《ビブリオマニア》にとっては、世界で一番有名な探偵が住むことで知られている通りだ。その探偵――すなわちシャーロック・ホームズは自宅でバイオリンと化学の実験と阿片《あへん》を嗜《たしな》んでいたが、ドニーはもっぱら本、本、本だ。

壁という壁に本棚《ほんだな》を置き、それがいっぱいになるまであらゆる書籍を押し込み、さらに床に積み上げ、ついには廊下《ろうか》まであふれさせる。

居住スペースはあっという間に消滅し、どうにかベッドとソファーだけが浮島のように残っている、という惨状《さんじょう》だ。

「……こんな部屋に、女の子なんて……」

呼べるわけがない、とドニーはため息をつく。

読子が自分と同じ、いや自分以上の愛書狂だということは知っている。何度か口頭で部屋の状況は説明したし、「別に構わないわ。私の部屋も似たようなものよ」と好意的なコメントももらってはいる。

しかしエチケットやマナーは別物だ。だいたい、彼女がこの部屋に来たとして。空《あ》いているスペースが〝ソファー〟か〝ベッド〟しかないのは、あまりにも問題だろう。

「……………………」

この辺りが、女性がらみの任務に関して、自分の信頼度が著《いちじる》しく低下する原因になっているのだろう。……無理をしてあげる気もないが。

「……急がないとな」

時間がない。とりあえず着替えのためだけに戻ったが、すぐに任務の指定地に向かわなければならないのだ。読子に言った「今日は無理だよ」の言葉は、別に嘘《うそ》ではないのである。

新しいネクタイはまだあったか、と部屋を探していると、本の山が崩《くず》れた。積みなおさなくても景観に変化はないのだが、その中にあった一冊にドニーの意識が留まった。

それは、日記帳だった。

何年か前から、ぽつぽつと不定期に付けているものだ。読子のことや、日常のこと、そして問題にならない程度に〝仕事〟のことも記している。

……最近は、ほとんど書いてないな。

ドニーは、本を読む才能と、本を書く才能は別のものだと思っている。日記は、言わば読者を自分に限定した文学だ。どれだけ下手《へた》でも遠慮《えんりょ》することはない。

そう考えていても、文章を綴《つづ》るというのは大変な苦労だった。だから、次第に日記から遠ざかっていたのだ。

ドニーは日記帳を手に取り、ソファーの上に置いた。

帰ったら、少し書いてみようか。そんなことを考えながら、彼はネクタイ探しを再開したのだった。

一番高価なネクタイでよかった。

ジョーカーは心中でそう思った。突然、特殊工作部の私室に、ジェントルメンからの通信が入ったのである。

「これはこれはミスター・ジェントルメン。ご尊顔《そんがん》を拝見できまして、感激の次第にございます」

我ながら芝居《しばい》くさい言葉だ、とジョーカーは思った。大体、ご尊顔と言いながらもモニターの中のジェントルメンは、部屋が暗くてほとんど影同然なのだ。

『仰々《ぎょうぎょう》しい世辞《せじ》はいらぬ。おまえはオペラの観すぎだ』

心中で憮然《ぶぜん》とするジョーカーに、ジェントルメンが言葉を続ける。

『今日のミッションは、どうなっておる?』

「先ほど、ザ・ペーパーに遂行《すいこう》命令を出しましたので。まもなくスタートされるものと」

この二年で、ジェントルメンが任務の確認をしてきたのは初めてだった。ジョーカーは軽い疑問を抱く。

「よろしければ、終了と同時に報告をいたしますが?」

『そうしろ。できるだけ詳細にな』

ほとんど動きもせず、ジェントルメンが命令した。やはりなにか、今夜の任務には特別な要因があるのだ。彼にとって。

「了解いたしました。できれば、専用の回線をご準備いただけると、迅速《じんそく》に報告が可能なのですが……」

『用意させておく』

ジェントルメンとのホットラインが繫《つな》がる。この後どうなるにしろ、これはチャンスに違いない。ジョーカーは顔に出さず、笑った。

『ジョーカー』

「はい」

ジェントルメンはしばし沈黙し、重い言葉を放って寄越した。

『くれぐれも、失敗するなよ』

繫がった時と同様、唐突《とうとつ》に通信が切れた。

「……………………」

ジョーカーは、その言葉の持つ意味に、心中の笑みを凍らせている。


ザ・ペーパー。

それは紙を自在に操り、本がらみの任務を遂行するために世界を飛び回る、大英図書館特殊工作部のエージェント。

裏から裏へ、闇から闇へ。特殊能力の紙ワザを使って妨害者を倒し、華麗《かれい》に盗難本や稀覯本《きこうぼん》を奪還《だっかん》していく。

いささか誇張して語られることも多いが、人々が抱くイメージはそんなものだろう。もっとも、その〝人々〟自体も極めて限定されるのだが。

しかし実際ザ・ペーパーになってみると、そんなハデな任務は極めて稀《まれ》だ。大抵は、地味な潜入工作、犯罪スレスレ、あるいは犯罪そのものの奪取《だっしゅ》など、表にできないものばかりである。ただし、その相手も決して清廉潔白《せいれんけっぱく》でないこと、本の入手に非合法な手段が使われていること、本そのものが非合法な存在であることなど、様々な事情が絡まって、ドニーに司法の手が伸びることはない。ジェントルメンの裏工作もあるのだが、要するに、ザ・ペーパーが駆り出されるのは、裏社会同士の争いになった時なのだ。

大英図書館特殊工作部は決して正義の組織ではない。これは大英博物館の展示物が、英国の繁栄《はんえい》と略奪があって集められたのと同じことだ。

もちろん、英国にも言い分はある。放っておけば朽《く》ち果てていくはずの文化、文明、芸術品を修復、保管するのもタダでは不可能なのだから。

今のところ、善悪の判断は歴史に委《ゆだ》ねるしかない。そしてそのジャッジが下されるのは、まだ遙《はる》か先の話だろう。

そうとわかっていても、今夜の任務はドニー・ナカジマ、ザ・ペーパーにとって気の進まないものだった。

ジョーカーの言葉通り、〝汚い類《たぐい》〟そのものだったからだ。

英国の南西部、コーンウォールは観光地として知られている。もとは炭坑地《たんこうち》だったが、衰退してからはリゾートを特色として押し出したのだ。

観光地だけあって景観は素晴らしく、この地に屋敷を持つ者も多い。

その中の一つ、フレドリック・オーグルヴィの邸宅は〝牢獄邸《ろうごくてい》〟という異名《いみょう》を持っていた。

その理由は、窓が極端に少ないからだ。

南西部ならではの柔らかい陽光を、まるでシャットアウトするように屋敷は白い壁で覆《おお》われている。外から見ると、ぽつりぽつりと最小限の採光窓があるだけだ。

見る者が見れば、その理由はすぐにわかる。

本の日焼けを防ぐためだ。

はたして屋敷の当主、フレドリックは稀代《きだい》の愛書狂《ビブリオマニア》だった。国際的なオークションにも個人で参加し、次々と稀覯本《きこうぼん》を落札していく、大英図書館のライバルである。

彼は絶好の観光地に住みながら、ほとんど外に出ることなく、屋敷の中で本を読み漁っているそうだ。どこかうらやましい話である。

大英図書館は既に、彼の蔵書に目をつけている。死後、如何《いか》にそれらを寄贈させるか、という作戦を練《ね》っている。よくある話だ。

しかし今回、ドニーが命じられたのは、その作戦を根底から覆《くつがえ》すものだった。

一応、図面まで入手したのだが、屋敷のセキュリティは極めて一般的なものだった。愛書狂にも様々なパターンがある。盗難を警戒して、銀行や宝石店クラスの警戒をする者もいれば、部屋の鍵《かぎ》をかけるのも忘れて外出する者もいる。

フレドリックは、その中間に属する男だった。彼にとって本はあくまで本なのだ。稀覯本を入手するのも、あくまで読むためで、自分の蔵書を誰かが狙う、というのは現実味のない絵空事なのである。

どこか後ろめたい気分で、ドニーは屋敷に潜入した。

彼のコレクションは、地下にあった。

「…………………………」

それを見ただけで、感嘆《かんたん》の息が漏《も》れる。テニスコートの倍はあろうか、広大な地下室に整然と並ぶ、本棚《ほんだな》の列。個人でこのクラスの蔵書を持つ者は、そうはいない。

階段を降り、棚を眺めていくと、その整理が行き届いていることに気づく。背の高さはまちまちに並んでいるが、発行の年代別に見やすくまとめられている。自分の部屋とは大違いだ。

しばらく眺めているうちに、ドニーは気づいた。この男は、本が捨てられない性分なのだ。棚の並びは、幼少時から読破してきた順なのだ。内容の知的上昇度が、それを現している。

「…………………………」

思わずため息が漏れる。これから自分が〝しなければいけない〟ことを思うと。

ドニーは、ジョーカーに見せられた書類の内容を脳裏《のうり》に浮かべていた。それは、エージェントとして、もっとも心が痛み、恥ずべき任務だった。

焚書《ふんしょ》である。

つまり、これらの本を燃やすのだ。

紙の大敵、火を点けて、灰と化するのである。

眉間《みけん》に皺《しわ》がより、汗が滲《にじ》んでくる。思わず拳《こぶし》に力が入る。

なぜ？　という疑問は許されない。それは命令に記されていないからだ。

ドニーは、ゆっくりと棚《たな》の間を歩いた。整理はされているが、本の一冊一冊は読み込まれているのがわかる。

この屋敷の持ち主、おそらくは、変人だ。だが、本好きだ。

本好きは棚を見ればわかる。蔵書を見れば理解できる。それが本好きの素晴らしい所だと思っていた。この屋敷に入るまでは。

今はそれが、激しく悲しい。

なぜ？　という疑問は許されない。だがしかし、それでも思わずにはいられない。

なぜ、本を燃やさなければいけないのか？

本を護《まも》るために活動してきた自分が、なぜその手で、本を葬《ほうむ》らなければならないのか？　フレデリックの蔵書になんの秘密があるのか？　なんの罪があるのか？

考えるな。ドニーは自分に命じた。

特殊工作部の任務なんだ。なにか、理由があるに違いない。自分には思いもよらない、事情があるのだろう。

ドニーは意を決し、棚から何冊かの本を取り出した。手触りだけで、それらの本がどれだけ大切に扱われたかが伝わる。

積み上げて、その上に紙を置く。たったこれだけで準備は万端だ。いつもに比べて、なんと簡単な任務だろう。

マッチを擦《す》り、その火を見つめる。暗い室内の、ささやかな灯《あか》りだ。


「……………………………」


メガネ越しの視界で、炎が揺れる。

焚書《ふんしょ》は、近代ではドイツや中国で行われた。

どちらも、歴史では愚行《ぐこう》とされている。本を燃やすのは、つまり文化を踏みにじることなのだ。野蛮《やばん》である。獣の所行と変わりない。

だが、これが任務だ。

ドニーは懸命に、自分に言い聞かせる。

表向き、この火事はただの不審火として扱われる。既にそう、決まっている。ドニーの所行を人が知ることはない。焚書とは誰も思わない。

なぜ今、そんなことを気にする？　もっとおぞましい任務をしてきた自分ではないか。

これが特殊工作部の指令であり、ザ・ペーパーの任務なのだ……。

……そしてようやく、マッチを持つ指を、離そうとした時。

火の中に、読子の顔が浮かんだ。

ドニーは思わず息を呑《の》む。

もし、彼女がこれを知ったら。

どんなことを思うだろう。

そしてもし、自分がこの火を落としたら。

どんな思いで、彼女に会えばいいのだろう。

「………………………」

マッチの火は、待ちくたびれたように小さくなり、やがて消えた。

フレドリック・オーグルヴィは、寝台の上で身体《からだ》を揺すられた。

「………⁉」

時計は朝の五時。真っ暗な室内に、影より暗い姿があった。

「………誰だ？」

一瞬で目が覚めた。物盗《ものと》りか？　強盗か⁉　寝起きとは思えないほど、彼の頭は目まぐるしく働いた。

「……誰でもありません」

影は、フレドリックを見下ろすように立っている。時計のわずかな光が反射し、その男がメガネをかけていることだけ、わかった。

「……これは、忠告です。あなたとあなたの蔵書は、狙われています。あらゆる手段で、今日にでも、国外に引っ越しなさい。できればアジア圏がいい」

「なんで、そんな……」

フレドリックは状況を理解できない。しかし男の言葉に漂う、深刻な空気はわかった。

「私は本当のことを言ってるんです。信じて……というのも無理な話でしょうが、信じられなければ、あの素晴らしい蔵書が失われるだけです」

しばらく男を見つめて、フレドリックは小さく頷《うなず》いた。

「……こんな妙なことは、俺の人生に一度も無かった。……無かったからこそ、信じてみようかと思う。……俺は物心ついてから、家で本ばかり読んできた男だ。このぐらい風変わりなコトが、いっぺんぐらいあってもいいよな」

不思議なことに、彼の言葉に、影は目に見えて安堵《あんど》したようだった。

外に出ると、朝日が上り始めていた。

コーンウォールの風が、頬《ほお》を撫《な》でる。

ドニー・ナカジマは奇妙な透明感の中にいた。任務放棄《ほうき》のみならず、目標に逃亡をそそのかしてしまった。処罰は免《まぬが》れまい。

しかしそれでいて、胸中は晴れやかだった。

少なくとも、読子の顔を見ることはできる。

今までどおりに、まっすぐに。


「いったい、どういうことですか?」

アクリル板の外から、ジョーカーが話しかけてきた。

「悪かったと思うよ」

内側、拘置室《こうちしつ》からドニーが答える。

ロンドンに戻ると同時に、ジョーカーはドニーを怒鳴《どな》りつけた。任務完了と同時にジェントルメンに報告するつもりだったのだが、一向に彼が連絡を取らなかったせいだ。

現地の消防隊にも出動要請が無いことを知り、困惑している間にドニーが帰投。一部始終を報告した。

ジョーカーは慌《あわ》てて別スタッフに任務を遂行《すいこう》させようとしたが、フレドリックは民間の警備会社と運送屋を使って、既に移転の準備を始めていた。タイミングは完全に失われた。

ドニーはすぐさま拘置室に放り込まれ、取り調べを受けることになった。ジョーカーは懸命にジェントルメンに弁明した。

ザ・ペーパーの失敗!? 謀反《むほん》? 特殊工作部内に緊張の空気が走る。ドニーを知る誰もが、その事実を信じられなかった。

「……正直、落胆《らくたん》でもなく失望でもなく、驚きでいっぱいです。あなたが任務を放り出し、敵の味方をするなんて」

「彼は敵なのか? どういう意味で敵なんだ?」

ジョーカーの眉《まゆ》が小さく動く。

「敵、という言い方は便宜《べんぎ》上ですが。目標と訂正しましょうか。どちらにしろ、あなたの行いは大英図書館への敵対行為ととられますよ」

拘置室の壁にもたれて、ドニーは宙を見る。

「……ジョーカー。なんと言われても、焚書《ふんしょ》はよくないよ。……僕には無理だ」

「暖《だん》を取るために、本を燃やすこともあるでしょう」

「それは意味合いが違う」

「物理的には同じですよ。なぜこだわるのですか?」

「こだわりじゃない。それ以前の問題だ。理由もわからずに本を燃やすなんて……」

ジョーカーの視線が、鋭角化した。

「理由がわかれば、やったのですか？」

ドニーは黙った。わずかの間、考えていた。

「……いや、無理だろうな……」

ジョーカーは嘆息《たんそく》した。

「……いったい、なにがあなたを変えたのですか」

「僕は変わってないよ。しいて言うなら、気づいただけなんだ」

「……なんにです？」

「僕は、ザ・ペーパーに向いてない」

二人の男はしばらく黙った。口をつぐみ、お互いの顔を見つめていた。

様々な記憶が交錯《こうさく》する。互いに肉親を持たない彼らはこの数年、多くの時間を共有していた。

「バカなことを……」

ジョーカーの言葉が、床に落ちる。力の無い声だった。

「あなたは、稀代《きだい》の紙使いですよ。歴代の中でも特筆すべき能力の持ち主です」

ドニーは黙ったまま、ジョーカーを見つめ続けている。

「特殊工作部にとっても、いや私にとっても、大事な仲間です。バカなことをおっしゃらないでいただきたい！」

驚きだった。冗談も平然と言い放ち、感情を見せることを嫌うジョーカーが、これほど声を荒げるとは。ドニーは、意外そうにその姿を見ている。

「……あなたの件は、私が交渉《こうしょう》します」

ジョーカーは、少しだけ乱れたネクタイを直す。

「その後で、ゆっくり話しあいましょう。今の発言は聞かなかったという前提で」

もうすっかり、いつもの彼だ。冷静このうえない足取りで、ジョーカーは拘置室を後にした。

その背を見送りつつ、ドニーは考えていた。

自分はザ・ペーパーに向いてない。

遅かれ早かれ、それを証明する時がくる。

「……………………」

ドニーは目を閉じ、夢を見た。

大量の本と、読子が出てくる、幸福な夢だった。


『手こずったな』

「申し訳ありません。こちらとしましても、予想外の事態でしたので」

ジョーカーは、私室でジェントルメンと通話している。モニターに映るシルエットはやはり

影だが、受ける威圧感は以前のそれと段違いだ。

『まあよい。報告は聞いた』

ドニーには伝えなかったが、フレドリックの蔵書は既に、大西洋の底だ。米国に移住しようと出発させた船便を、ジョーカーが沈めさせたのだ。脱出先に、同じ英語圏《けん》を選んだ詰めの甘さが命取りになった。アジア圏ならまだ可能性があったかもしれないが。

その沈んだ蔵書に、どんな秘密があったのか？　ジョーカーは決して聞こうとしない。今の自分には、知る必要が無いからだ。ジェントルメンの命令、それだけで理由は十分なのである。

『ザ・ペーパーはどうなった？』

「取り調べを受けております。現在は拘置室におりますが」

『処分しろ』

平然と言ってのけるジェントルメンに、ジョーカーは答えた。

「はい。ただし、しばしの猶予《ゆうよ》をいただけませんか？」

『？　どういうことだ？』

ジョーカーは慎重に、言葉を選んでいく。

「まず今、ザ・ペーパーを処分しますと、後継者がいません。これは対外的な任務で問題かと。さらに彼、ドニー・ナカジマは特殊工作部でも人望のある男です。内部への影響も無視できないものが」

今、ドニーの命は、ジョーカーの舌の上に乗っていた。

『……任務を放棄《ほうき》する者を罰せんで、規律が守れるのか？』

「もちろん、罰は与えます。できればそれ相応のものを。ですので今回はなにとぞ、ご容赦《ようしゃ》とご猶予のお心を……」

深々と頭を下げて、そして上げる。

「……どうしても処分を、とおっしゃるのなら、後継者を確保してからでも遅くはありますまい」

その瞳は、ドニーに見せたものとはまったく別物だった。野望と計算、策略に輝く瞳。宝石よりも輝く、悪魔の目だ。

『あてはあるのか？』

「……何名かは。それほどお待たせしなくてすむ、と思います」

ハッタリである。しかし全身全霊を賭《か》けたハッタリであった。ジェントルメンはしばらくその言葉を吟味《ぎんみ》していたが、やがて大きく息をついた。

『……まあよい。好きにしろ。どうせ特殊工作部だ』

「ありがたき、幸せ……」

最後の言葉の意味は無視して、ジョーカーは礼を述べた。

『……今後のことも、報告しろよ……』

大きな欠伸《あくび》をして、ジェントルメンが消えた。同時にジョーカーは、思いっきり椅子《いす》の背に倒れ込む。

どうにか生き延びた。自分もドニーも。

時間をおけば、ドニーの処刑はかわせるだろう。特殊工作部内には支持者も多い。

まったくの処分ナシ、というわけにはいかないだろう。ある程度の期間、拘束《こうそく》と謹慎《きんしん》、そして減棒《げんぼう》は必要か。

「……………………」

ジョーカーは、ドニーと、自分が発した言葉を考えてみる。

僕は、ザ・ペーパーに向いてない。

後継者を確保してからでも、遅くはありません。

この二つの言葉をつなぐと、一つの結論が見えてくる。

頭を強く振って、その考えを払う。ドニーは必要な人材なのだ。拘置室で叫んだ言葉に嘘《うそ》はない。

自分が羽ばたくために、まだまだ必要なコマなのだ。

ジョーカーは立ち上がり、渇いた喉《のど》を潤《うるお》すコーヒーを探しに行った。

まったく、謹慎になったらドニーをお茶汲《く》みとして酷使《こくし》してやろう。

その夜。

ジョーカーは極めて珍しい行動を取った。

同僚を、パブに誘ったのだ。それだけでも十分に珍しいが、相手が男性となれば、これはもう特筆に値する。さらにその相手が……。

「まったく、世界八番目の不思議とはこのことよ」

特殊工作部開発部主任、ジギー・スターダストと知ったら、彼らの知人たちは目を丸く、口をあんぐりと開けることだろう。

「なにをおっしゃいますか。特殊工作部に仕える者どうし、親睦《しんぼく》を深めるのは当然のことではありませんか」

ジョーカーは、薄っぺらい笑みでカクテルを傾けた。対するジギーは、ふん、と鼻を鳴らしてビールの注がれたコップをあおる。

「それにしても、やはりあなたも、白衣以外の服をお持ちだったのですね」

今のジギーは、くすんだ茶色のジャケットを羽織《はお》っている。

「わしとて、白衣にくるまれて生まれたわけではないからな」

一気に半分を飲み干して、ジギーはジョーカーに向き直った。

「で、ドニーの話か？」

「彼の問題は、当面保留です。あまり悪い方向には向かないよう、調整してますが」

ジギーの目に、かすかな安心の色が見えた。

「やはり心配でしたか？　特殊工作部きっての偏屈者《へんくつもの》、と言われたあなたでも？」

じろり、とジギーの目が動く。

「心配の類《たぐい》ではない。あいつはザ・ペーパーじゃからな、下手《へた》に処分されると、新開発した紙の実験台がいなくなる。開発部にとっては迷惑な話よ」

「そこなんです。今日お誘いしたのは、改めてザ・ペーパーとしての能力に関してお訊《たず》ねしたく思いまして」

「なんじゃ、今さら」

向き直ったジョーカーに、ジギーは眉《まゆ》を動かした。

「我々は、ごく当たり前のように彼の、紙使いとしての能力を受け入れている」

「それのなにが悪い。もっと奇天烈《きてれつ》な力を振るう者も知っておろうが」

「ええ。しかし今日は、紙使いについて話したい。ミスター・スターダスト。紙使いとは、どういう人たちなのですか？」

憮然《ぶぜん》とした顔で、ジギーが答える。

「……紙を自在に、扱える者じゃ。……硬化、軟化、その性質を即座に変えることのできる……奇妙な力よ」

「そうなのです。未だに我々は、彼らの力を〝奇妙〟と呼ぶしかないのです」

ジョーカーは、テーブルにカクテルのグラスを置いた。

「彼らはなぜ、そんなことができるのでしょう？　どこから出現してくるのでしょう？」

「ふむ……」

ジギーが腕を組む。ジョーカーに指摘されるまでもない。紙に携《たずさ》わる者として、何度も疑問に思ったことだ。そしてその度《たび》、答えを見つけられなかったことでもある。

「……正直、おぬしはそんなことを疑問に持たない人間だと思っていたがな」

「ええ。深く考える気はありませんでした。……しかし、ドニーの件は一つのきっかけになった。同じ組織に属する者として、我々はもっと理解が必要です」

ジギーは真意を図るように、ジョーカーの顔を見ていた。

「幾つか、わかっていることはある。歴代の紙使いはほぼ全員、紙に強く執着しておる」

「それで、あなたが能力を手にしていないのは、不思議な話に聞こえますが」

「紙、という言い方が誤解を招いたな。連中が固執するのはほとんど、本じゃ。常人よりも何レベルの上の愛書狂《ビブリオマニア》、という特徴が一致する」

ジギーの声に、熱が入り始めた。

「しかしそれだけでは、能力の解明にはほど遠い」

「もちろんじゃ。だが足がかりにはなっておる。なぜ本に固執するのか？　……統計として出すにはデータ不足じゃが、紙使いには内向的な性格、あるいは過去にそうだった人間も多い」

「？　それは初耳ですね。ドニーの人当たりのよさを見ると、意外です」

ジギーは口を歪めて笑う。

「人当たりのよさで、自分の内気を隠す者もいる。……多少極論になってしまうが、連中は人格形成期において、外で活動するよりも、家の中で過ごすことが多かったのではないかな？」

なるほど。ジギーの言葉がなんとなく、わかってきた。

「……人格の形成に影響したのが、つまり、本。一人で本を読みつづけ、コミュニケーションを学べずに成長した代わりに……紙使いとしての能力を手に入れた、と？」

「乱暴に言えばな。しかしそれだけではない。それなら紙使いはもっともっと、多量に発生していいはずじゃ。……おそらくは、紙使いとして能力が発現するきっかけが……なにかあるはずじゃ」

「どのような？」

ジギーの口から、息が漏《も》れる。ため息に近い、力の感じられないものだ。

「……わからんよ。それがわかれば苦労はせん。……あるいは、読みふけった本の中に、連中にしかわからんコードナンバーでも仕込んであるのかもしれんな」

「…………………」

ジョーカーは、顎《あご》に手を当てて考える。

「……ミスター・スターダスト。あなたの知る限りで結構ですが、紙使いの能力が遺伝した例はありますか?」

「さて? 記憶にないな。親や親族が愛書狂《ビブリオマニア》だった例はあるが、近親で複数の紙使いが出たケースは……無いはずじゃ」

「……つまり、紙使いの能力は……生物学的なものではなく、ある程度の環境と、内的要因が重なって……発現するということでしょうかね?」

「ただの推論にすぎんがな。……実験のしようもないし、わからんさ」

実験、という言葉に少量の嫌悪《けんお》感が混ぜられる。ユダヤ人であるジギーは、第二次大戦時の記憶を思い出すのだ。

「……おぬし、なにを考えておる?」

ジギーの視線が強くなる。

「いいえ、別に。……気がついてみれば、我々はなにも知らないのだ、と自覚した次第で」

「ふん」

ジギーは、残っていたビールを口にした。

「……当然のことよ。森羅万象《しんらばんしょう》を知るには、永遠の命でも無いと無理なことじゃて」

ジョーカーは黙って頷《うなず》いた。

半年間の内勤。同じく減給。職務中の監視《かんし》。これが、ドニーに課せられた処罰だった。驚くほどに軽いものである。ジェントルメン直々のミッションを放棄《ほうき》したとあっては、追放や処刑、終身監禁《しゅうしんかんきん》などの罰でも不思議はないのだ。

それも、ジョーカーが交渉《こうしょう》にあたったからだ。そんな噂《うわさ》が、特殊工作部内に流れた。もともと敵を作らない性格のドニーである。釈放後も、スタッフは普段通りに彼を迎えた。

拘置室《こうちしつ》から出てきたドニーは、廊下《ろうか》に待ち受けていたジョーカーと知人のスタッフたちに思わず目を伏せた。非難されると思っていたからだ。

しかし、ジョーカーが彼の手を握り、強引に握手をした時。他のスタッフが拍手を始めた。

二人は互いの顔を見つめて、静かに微笑したのだ。

「……休暇は終わりですよ。明日から私のお茶汲《く》みをしてもらいます」

ドニーは自分のために、さぞかし苦労したであろうこの友人に礼を言った。

「ありがとう。君のために、最高の正山小種《ラプサンスーチョン》を用意するよ」

そんな二人を見て、マリアンヌがつぶやいた。

「あーぁ……。これで当分、ドニーはジョーカーに頭が上がらないわねぇ……」

ドニーは内勤の期間、つまり半年間を特殊工作部で過ごすことになった。アパートから彼が持ち込んだものは、ネクタイと一冊の日記帳だけだった、と記録されている。

読子は緊張していた。

これほど緊張したのは、大英図書館司書としての採用試験を受けた時以来だった。そして今彼女をそうさせているのは、特殊工作部の採用試験だった。まあ、採用試験というものは大概《たいがい》にしてその人の人生を変えるのだから、別に責められることもないだろう。

筆記試験は、既に済ませていた。残るは特殊工作部のスタッフによる、面談である。それは、閉館後の大英図書館にて行われた。

閲覧室《えつらんしつ》の一角を仕切り、スペースを作る。狭いものだが、面談を受ける者は読子一人だけなので、ちょうどいい。

彼女の対面に置かれたテーブルには、三人の男が座っていた。

向かって左はスーツの老人、特殊工作部開発部主任のジギー・スターダスト。

右は人事部の主任、カーター・ボールドウィンという中年男。

「そんなに堅くならずに。まんざら知らない仲でもありませんから」

そして中央で笑いかけてくるのが、特殊工作部統括のジョーカーであった。

「はぁ……いえ、あの。試験ですからっ」

危うく緩《ゆる》みかけた身体を、ぴしっと伸ばす。そのあからさまな気合いの入れ方に、カーターが苦笑した。

ジョーカーとジギーは、三年前に新大英図書館でサプライズ・パーティーを行った時、読子と〝間接的〟に関わっているが、直に会うのは今日が初めてだ。

ジギーはプライベートの人づきあいなど皆無な男だし、ジョーカーはドニーの恋人、という彼女の立場を考慮《こうりょ》して、意識的に避けていたフシがある。

「ヘタに知り合いになっちゃうと、彼が死んだ時に恨まれるじゃないですか。それに、どうせ会うのなら一番劇的な時に、劇的な演出で、ですよ」とは、さっさと対面を果たしたマリアンヌに言った言葉だ。どの程度までが本心かは、例によって判断しにくい。いずれにせよ、これほどあっさりとした対面になるとは思っていなかったことだろうが。

「試験ということは、我々も承知していますよ。だからこそ、ありのままのあなたが見たいのです。緊張していても、いいことなんてありません」

「はぁ……」

頷《うなず》きながら、そのまま下を向いてしまう。これはまた、予想以上のお嬢様《じょうさま》だ。ジョーカーは、資料を揃《そろ》えながら続けた。

「あなたは、筆記試験ではこの一〇年で最高得点を記録している。本に対する知識という点では、文句ナシに合格です」

途端、読子が顔をあげる。これ以上ない、というぐらいの喜びを湛《たた》えて。

「私、本が大好きなんですっ！」

「承知していますよ。この建物の中に、およそそれを嫌う人はいないでしょうし」

「あ……。そうですよねっ……」

今度は恥ずかしそうに下を向く。少し風変わりではあるが、さすがに一〇代の女子だ。反応がいちいち初々《ういうい》しい。

しかしそれがムズ痒《がゆ》く感じるのか、ジギーはやたらと肩を揺すっている。ジョーカーはさっさと本題に入ることにする。

「それでは、質問に移りましょうか。……そんな本好きのあなたが、特殊工作部への配属を希望した理由はなんですか？」

「本が……好きだからなんですが……」

少し、質問の深度を深めてみる。

「それだけですか？　本当にそれだけなら、むしろ大英図書館に務めているままの方がいいですよ。少なくとも我々の部署にいるより、読書の時間が確保できます」

「……ジョーカー。志望者に対して、そういう言い方は……」

人のよさそうなカーターが、口を挟《はさ》む。

「よかろうよ。入ってきてから文句を言われるより、ずっとマシじゃ」

ジギーは無愛想につぶやき、肩をすくめた。彼は正直、読子に対してあまり興味を持っていないらしい。

「そういうことです。では改めて、考えていただきたい。あなたが、特殊工作部への配属を希望した理由はなんですか?」

「…………………………」

読子は視線を落として、黙った。考える。

言うまでもないが、ジョーカーは彼女の志望動機を知っている。ドニーと一緒《いっしょ》にいたい、それだけなのだ。

率直《そっちょく》に言って、それはどうでもいい。二人の関係がなんであれ、贔屓《ひいき》する理由も、必要以上にそれを邪魔《じゃま》する意味もない。優秀ならば採用するし、そうでなければ突っぱねるだけだ。

ただ、彼がこれから築こうとする〝特殊工作部〟には、ルールがある。そのルールに適応できるかどうかを、見定めたいのだ。

ずいぶんと長い間考えて、読子は口を開いた。

「私……本が好きなんです……」

同じ答えが返ってきた。ジョーカーは眉《まゆ》をひそめる。

「もう二回も聞きましたよ。他に……」

「他にないんです。なんにもっ」

それほど大きな声ではない。しかし読子は強く、ジョーカーの言葉を遮《さえぎ》った。無関心だったジギーが、視線を向ける。

読子はたどたどしく、その後を続けた。

「……どうして好きなのか、どこまで好きなのか、自分でもわからなくて……。そういうのって、よく人にも聞かれるんですけど、どんな言葉を使っても、説明できないような気分で……。自分の中にある気持ちが、言葉だけじゃ、全然足りないっていうか……」

カーターも含めて、三人の男は読子の答えをじっと聞いている。拙《つたな》い言い方ではあるが、本心からくる迫力がこもっている。

「……だからあの、もっと深いところに行ってみたいんです。本が好きで、好きで、好きなのを貫き通しちゃったら……私は、どうなっちゃうんだろう、そしたら、なにがわかるんだろうっ……てところまで、もう、行っちゃいたいんです」

その答えに、一番違和感を覚えているのは、読子自身だった。

ジョーカーの追撃に、正直な気持ちを話そうと思った。どうせ彼はドニーと自分の関係を知っているのだ。恥ずかしくはあるが、下手《へた》に言いつくろうよりいい。

「ドニーの傍にいたいんです」

それで散るなら、あきらめもつく。

ところが。その言葉が口をつく一瞬前。読子の頭を、思考の粒がよぎった。

なぜ、特殊工作部に入りたいのか。それは記憶を遡《さかのぼ》り、なぜ大英図書館に入ったのか、という疑問に繋《つな》がった。

もちろんドニーと一緒にいるためだ。これから発するものと、同じ答えである。ドニーがいて、本がいっぱいある。夢のような世界ではないか。

ドニーと本。思考は展開され、彼女の奥底へと手を伸ばしていく。ドニーと本。本とドニー。より深い場所で彼女を捉えているのは、どちらなのか……。

そこまで考えている間に、自然と口が動いていた。答えとして確立されていない、未消化な言葉だ。しかしそれはどろどろと熱い、本心の吐露《とろ》だった。

ドニーの名前は、一度も出なかった。

「……私は本が大好きだから、もっともっともっと、好きになりたいんです」

そう言い切った読子の頰《ほお》は紅潮《こうちょう》している。性的な興奮でも感じたかのように。

カーターは、その色香にやられて、わずかに顔を赤くしていた。

ジギーは、恐れるような瞳で読子を見つめていた。

そしてジョーカーは。とても嬉《うれ》しそうに、笑っていた。

「……とても、わかりにくい。しかし非常に興味深い答えです……」

「…………すみません……」

読子が椅子《いす》に座ったまま、身を縮こまらせる。喋《しゃべ》っているうちに高揚《こうよう》した自分が、恥ずかしかったのだ。だが彼女の中心には、今でも心臓を高鳴らせる、熱が残っていた。

「そこまでおっしゃるのならいいでしょう。ただ好きなだけ、という答えがあっても」

ジョーカーは、なにやら書類に書き込んだ。自分の返答にどんなジャッジが下されたのか、読子に知る術《すべ》はない。

「……少々、お熱くなられたようだ。冷たいものをお持ちしましょう」

「え？　いえ、あの、お構いなく……」

戸惑う読子を無視して、ジョーカーは指を鳴らした。

「こちらの女性に、冷たい飲み物を」

「本当に結構ですから……」

と遠慮《えんりょ》しながらも、喉《のど》がカラカラに渇いている。緊張にくわえて、よっぽどさっきの言葉に力が入っていたらしい。

「……お待たせいたしました」

スペースに、トレイを持ったスタッフが入ってきた。静かな動作で、読子の前に水滴のついたコップを置く。

「すみません、お気をつかっていただいて……」

ぺこぺこと頭を下げていた読子が、その顔を見て大きく口を開けた。

「!?　ドニー!?」

スタッフは、ドニー・ナカジマその人だった。困惑の混じった、にへら、としか形容のできない笑顔を読子に返す。

「……正山小種《ラプサンスーチョン》です、どうぞ」

ご丁寧《ていねい》にも、エプロンまで着けている。まるで冴えないカフェーのウェイターだ。

「⁉　どうしてっ⁉　あなたがこんなことしてるのよっ⁉」

読子の口調が、途端に強くなる。

「今、彼は私の〝お茶汲《く》み〟だからですよ」

どうにか笑いを噛《か》み殺しながら、ジョーカーがフォローした。

「そういえばお二人は、会うのも久しぶりなはずでしょう。ドニー、挨拶《あいさつ》ぐらいしたらどうですか？」

任務放棄《ほうき》のゴタゴタから今まで、ドニーは読子に会えないままだった。内勤になり、監視《かんし》もついているせいで連絡も取れなかった。

「彼女が心配をしないよう、私が手配しておきますよ」とはジョーカーの言葉だったが、まさかこんなことを企《たくら》んでいたとは……。

ドニーは考えた末に、もっとも短い再会の挨拶を口にした。

「…………やぁ」

「バカっ！」

挨拶は読子の大声で雲散霧消《うんさんむしょう》した。

「全然、連絡くれないと思ったら！　あなた、なんの失敗をしでかして降格されたの？　きっと大事なオークションに遅刻したか、任務の途中で居眠りでもしてたんでしょう⁉　……それともあなた、もともとお茶汲みなの⁉　普段私にエラそうにお説教してるから、言い出せなかったの⁉　そんなコトで見損《みそこ》なったりするワケないじゃない！　とにかくっ、どうして私をほっといたのよっ。そしてどうして、そんなにエプロンが似合うのよっ！」

面接官の三人が真に驚かされたのは、まさにこの時だった。思わず立ち上がっていた読子は、ハッと気づいてジョーカーたちの方を見る。

地獄のような沈黙が訪れた。

「えー……」

最初に口を開いたのは、事態をある程度予測していたドニーだった。

「……とにかく読子。せっかく持ってきたんだから、飲んでくれないか？　君の好きな正山小種だよ」

その言葉が終わらないうちに、読子はドニーの頭にチョップをくらわせたのだった。

「くわっ、くわっ、くわっ……」

声を出して笑ったのは、ジギーだった。苦虫《にがむし》を噛みつぶしていたような表情は、二人のメオトマンザイに崩《くず》れていた。

「なんとまあ、おかしな娘よ。どこまで猫を被《かぶ》っておったのか」

「いえ、どっちも〝素《す》〟なんです。……彼女はちょっと、人見知りが激しいので……」

説明するドニーの背を、読子が平手で叩く。まるで子供のような反応だ。

「いやいや、ご苦労さまです。おかげで彼女の知られざる一面を見ることができました」

あるいはこれが、読子の自然体を見るための策略だったのか。ジョーカーは笑いながらも、書類にペンを走らせている。

どうやら、この喰えない友人にしてやられたか。ドニーは胸中で舌を巻いた。読子は後ろで頬《ほお》を膨《ふく》らませているが、彼女にとってもこのほうがいいに違いない。読子の独特な魅力、個性は通り一遍《いっぺん》の面談などでは伝わらないのだ。

「じゃあ僕は、これで……」

早々に退散しようとするドニーだったが、その背に、読子の声がぶつかってきた。

「……後で話があるから。待っててよ……」

ようやくドニーに聞こえるような小声だったが、有無《うむ》を言わせない迫力があった。さぞかし責められ、説明を求められることだろう。

「お疲れさまでした」

ジョーカーが平然と言ってのける。たいした根性といえよう。

ドニーが退出した後、読子はなにかがふっきれたのか、妙に堂々とした態度で椅子《いす》に座りなおした。ぐいっ、とコップの正山小種《ラプサンスーチヨン》を飲んで、ジョーカーたちを見る。睨《にら》む、といっていい視線だった。

「落ち着きました?」

「……おかげさまで」

カーターはやれやれ、と頭を振り、ジギーは上機嫌そうに顎《あご》を触った。

「結構。では面談を続けましょうか」


面談はスムーズに進んだ。

ジョーカーの問いに、読子は明快に答えたし、不自然に言葉を取り繕《つくろ》うこともなかった。

「……以上で、質問は終わりです」

という一言に、読子はほっ、と息をつく。

「ああ、忘れていましたが」

そこから一言を付け加えるのが、ジョーカーの意地の悪いところである。

「もう一つだけ、聞きたいことがあります。これは任務や書物の取り扱いとかではなくて、個人の見解を訊《たず》ねたいものなので。……お答えいただけますか？」

「？　はい……」

「……あなたは、テムズ川のほとりにいます。ふと水面を見ると、誰か溺《おぼ》れています。それは、莫大《ばくだい》な蔵書を誇るジェファーソン卿《きょう》。しかし彼から離れた場所で、非常に稀少《きしょう》なことで知られる『バルカンの門』の初版本が沈みかけている」

ジョーカー越しに、ジギーとカーターが視線をあわせる。なにか含むもののある質問なのだろうか。ジョーカーは、芝居《しばい》じみた口調で続ける。

「……卿は泳げない、本も防水処理が施《ほどこ》されていない、両方助ける余裕《よゆう》はとてもない……。あなたなら、どっちを救いますか?」

探るような視線で、読子を見る。しかし彼女は、迷う素振《そぶ》りもなくあっさり答えた。

「両方、助けます」

「は?」

思わずまぬけな声を出すジョーカーだ。

「両方です。だって本も人命も大事ですから」

「どうやって?」

読子は頬《ほお》に手を当てて、声を漏《も》らした。

「んー……。今はちょっと、思いつきませんが。なんとか、方法を考えて」

ひどく曖昧《あいまい》な答えだ。ジョーカーもつい、言及する。

「なんとか、ってあなた。それでは答えになりませんよ」

「でも、それが一番いいと思うんで。だったら、私はそれを目指します」

不思議な自信に満ちている。このわずかな面談の時間で、彼女は様々にその姿を変える。どれもが彼女の正体のようで、どれもが偽者《にせもの》のようでもある。

「ジェファーソンさんも、死にたくないだろうし……。その『バルカンの門』、私まだ読んだ

ことないんで」

付け加えられた理由に、ジョーカーは呆《あき》れた。薄目の思いやりと濃厚な読書欲がブレンドされている。正直ではあるが、バカがつく類《たぐい》だ。

「おぬしの負けじゃよ、ジョーカー」

愉快そうに、ジギーが肩を揺らした。

「……だな。この答えは彼女で二人目だ。理由は少し違っていたが」

カーターが静かに捕捉した。彼は既に、読子を配属するとしたら、どの部署なのかと悩み始めている。

「そうですね。……読子さん、どうもご苦労さまでした」

「え？ あ、いいえ、はいっ」

読子は慌《あわ》てて頭を下げる。

「結果は追って連絡します。どうぞ、ご退出ください」

ジョーカーは、色々と書き込んだ書類をテーブルに置いた。流麗《りゅうれい》な字ではあったが、読子の位置からは内容を読むことができなかった。

スペースを抜けて廊下《ろうか》を進むと、ドニーがいた。

「お疲れさま」

エプロンはさすがに外している。いつもの黒スーツ姿だが、読子にとってはやけに懐かしい。

「…………………………もうっ！」

読子は走り寄って、その腕にしがみつく。

「あなたって、全然連絡くれないくせにいきなり現れて！　面談は緊張しちゃうし、みんなに恥ずかしいところを見られちゃうし、なにから怒っていいかわからないわ！」

「…………………読子」

ドニーは指を立てて、廊下の奥を指す。そこには、見知らぬ男が立っていた。岩のような顔に岩のような身体《からだ》つきの男だ。

読子は慌《あわ》ててドニーから離れる。

「……どなた？」

「特殊工作部の警備担当、チャックだよ」

「……よろしく」

「はあ……」

丁寧《ていねい》に返礼する読子だが、「どうしてそのチャックさんが一緒《いっしょ》にいるの？」という疑問が明らかに顔に出ている。

「僕を監視《かんし》してるんだ。任務でね」

「監視!?」

すまなそうに、チャックが岩の身体を縮こまらせた。

ドニーはできるだけ簡潔に、彼女に事情を説明した。もちろん、詳細までは教えられないので、肝心《かんじん》なところはボカした形で。正式に特殊工作部の所属になったら、あるいは知る日も来るかもしれないが。

読子は「任務を失敗した」というドニーの言葉をすんなりと受け入れた。

「……とにかく、クビにならなくてよかったわ。私と入れ替えにいなくなられたら、意味がないもの。あなたに他の仕事が務まるとも思えないし」

苦労してるんだな、とチャックがドニーを見る。そのとおりだよ、とドニーが視線を返す。

実は彼も、特殊工作部内のドニーの友人だ。

「でもそれじゃあ、ウチには帰れないの?」

「もうしばらくはね。当分、ジョーカーのお茶汲《く》みと、今までの任務のレポート作成をしないといけないから」

不満そうに読子が口を尖《とが》らせる。

「……ドニーって、私に部屋を見せたくないから、わざと任務を失敗したんじゃないでしょうね? それで都合良く罰を受けて……」

この論理の飛躍は、さすがに一〇代の女の娘だと思う。

「まさか。そんなことはしないよ」

「……そうよね。いくらドニーでも……」

自分は彼女に、どう思われているのだろう。もしかすると読子のほうこそ、ドニーの保護者だと主張するかもしれない。

「…………………」

確かに、後先考えずに行動してしまった自分に反省するところもある。もし、あの地下室で感じたことを、決断したことを話したら、読子は理解してくれるだろうか。

「ドニー？」

微妙な変化を察してか、読子がドニーの顔を覗《のぞ》き込む。

「……ああ……、いや、すまない。そういうわけで、今日は送っていけないんだ」

「別にいいわよ。子供じゃないんだから、一人で帰れるわ」

そう言いながらも、読子はどこか不満そうだ。その空気を敏感に察したのは、ドニーよりもむしろチャックだった。

「……ちょっといいかな、ドニー？」

「……チャックさんっていい人なのね。見かけはちょっと怖いけど」

「彼は筋肉以外、繊細《せんさい》なんだよ。なにしろ愛読書は『ウォーターシップダウンのうさぎたち』

だからね」

読子とドニーは、大英図書館の円形閲覧室《えつらんしつ》にいる。閉館後なので、他に人の姿はない。正しくは二階の壁に沿った廊下を、チャックが歩いているのだが、多重に配置された本棚《ほんだな》の陰に入れば、誰も邪魔《じゃま》しない〝ふたりっきり〟だ。

一応、監視中ということで。この部屋からは出ないでくれ。

チャックはそれだけ忠告して、二人だけの時間を捻出《ねんしゅつ》してくれた。特殊工作部は変な人ばっかりと心配してたけど、いい人もいるんだ。安心する読子だった。

謹慎《きんしん》が解けるまで、大英図書館から出ることができないドニーだが、二人で行く先はいつも図書館か書店なので、こんな場所でも不満はない。

読子は、閲覧室の中央に立った。

「ねぇ、特殊工作部ってこの下にあるんでしょ？」

「知ってるのかい？」

「降りたことはないけど。緊急でこの出入り口が使われたの、何度かあるもの」

コツコツ、と靴《くつ》で床を叩いてみる。

「早く行ってみたいわ。アリスが穴に落っこちるみたいに」

読子が言っているのは、『不思議の国のアリス』の冒頭、ウサギを追いかけてアリスが穴に入っていくシーンのことだろう。

「一度落ちたら最後だよ。変なキャラクターがいっぱい出るし、奇妙な事件がいっぱい起きる。……まったくアリスと同じだな」

「ウサギは、きっとジョーカーさんね。チェシャ猫はやっぱりマリアンヌさん。……多分あなたは、ハンプティ・ダンプティだわ」

読子はタマゴのように丸く膨《ふく》らんだドニーを想像して、吹き出した。

「あんな腹回りになるには、あと三〇年ぐらい執行猶予《しっこうゆうよ》がほしいな」

そう答えながら、ドニーは思わず、アリスのようなふわふわとしたドレスを着込んだ読子を想像してしまった。

「……君はきっと、あんな世界でも本を読みふけってるんだろうなぁ」

「人のことは言えないでしょ」

チャックの足音が、聞こえなくなっていた。気を利《き》かせているのか、興味のある本でも見つけたか。あるいはその両方か。

「……ねぇ、ドニー。もし、川に人と本が沈みかけてたら、あなたはどっちを助ける?」

面談で受けた質問を、ドニーにぶつけてみる。

「周りに他の人はいないの?」

「いないの。自分だけ」

「時間の余裕《よゆう》は?」

「あんまりないわ。すぐに選ばなきゃいけないの。本はとっても珍しい、この世に一冊しかない本。どうする?」

ドニーは、棚《たな》から取り出した本をめくりながら答える。

「……両方、助けるよ」

「!? どうやって?」

「どんな方法を使っても」

答えの一致に、読子は嬉《うれ》しくなった。正解の無い質問だったかもしれない。いやだからこそ、自分とドニーの結論が同じだった、というのは運命的に思えた。

「……じゃあ、その溺《おぼ》れている人が私だったら、どうする?」

「君を助ける」

「!」

迷いのない即答に、読子の頬《ほお》がうっすら赤くなる。しかしドニーの答えには、それ相応の理由があった。

「君なら、溺れながらでも本を摑《つか》んでるだろうから。君を助けたら本も救われる。まさに一石二鳥じゃないか」

きわめて説得力のある答えに、読子の頬から赤味が引いていった。

「そうよね……。あなたはそういう人だったわ、ドニー」

本と人を等しく愛せる。そんな人だからこそ、傍にいたい。

できることなら、ずっと。

読子はそう、願うのだった。世界一多い本に囲まれて。


面談の終了後、ジギーはジョーカーの部屋に呼び出された。

「なんじゃ。あの娘の件なら好きにせい。わしはどちらでも構わんぞ」

「カーターもそう言ってます。私もほぼ、採用のつもりです。しかしそれを決定する前に、あなたに見ていただきたいものがありまして」

手元のパネルを操作し、モニターに画像を出す。そこには、新大英図書館のキングズ・ライブラリーが映っていた。

ジギーが目を細める。二階から、中央の吹き抜けを撮ったものだ。そこに、二つの人影が見える。

「拡大します」

ジョーカーの操作で、その姿が大写しになる。それはドニーと、一人の少女だった。今より若いが、面影《おもかげ》がある。あれは、読子だ。

「三年前、サプライズ・パーティーの時の画像です」

二人は下手《へた》なステップで、床をくるくると回っている。その間にも棚《たな》やケースを覗《のぞ》き込むのが、彼らしいふるまいだ。

「盗み撮りしておったのか？　趣味が悪いな」

「いいえ、女王陛下《へいか》の名誉《めいよ》にかけて、そんな無粋《ぶすい》なマネはいたしません。しかしジェントルメン直々の指令により、どんな状況でも切ることができない監視カメラが設置されていたのです。うっかり失念しておりました」

しれっと言ってのける態度には、悪びれた様子もない。

「……微笑《ほほえ》ましいかもしれんが、興味はないな。これがなんじゃ？」

「こちらを」

画像を早送りする。二人のワルツはクライマックスに達し、宙から、紙の蕾《つぼみ》が降ってきた。見覚えがある。これは、開発部で作ったものだ。時限性で開花する、紙の蕾だ。

設計通り、ゆっくり落下しながら紙は広がり、花の形に変わっていく。世間に売り出したら、さぞやいい資金稼《かせ》ぎになっただろう。

「今は、もっと精度も上がっておるし、パターンも多様よ。……なんじゃ、今さら試作品の反省会か？」

「ここです。ここを見てください」

ジョーカーが指したのは、蕾の一つに読子が触れた瞬間だった。蕾は彼女の髪に止まる。読子が気づいて、それに触れる。

途端、蕾は一瞬で開き、花になった。

「⁉」

ジギーは目を見開いた。反応が早すぎる。いや、構造の展開上、あの速度はありえない。ついでにいえば、開き方も他と微妙に異なる。

「戻せ」

予測していたように、ジョーカーが画像を戻す。読子の髪で紙の花が萎《しぼ》み、また開いた。

「もう一度。スローで」

モニターを見つめて、細部をチェックする。開発部の主任だからこそわかる、違和感だ。

「……やっぱり、気になります？」

「ふうむ……」

考え込んだジギーに、ジョーカーが問いかける。

「……こんな時、こんな状況じゃなければ別段、気にかけないんですが……。今の私には、ちょっとひっかかるのですよ」

ジョーカーは椅子《いす》の背もたれに、身体《からだ》を預けた。モニターでは、髪に花を咲かせた読子が静止している。

「前にパブで話したこと、覚えてますよね？」

「……おう」

ジギーはモニターに見入ったまま、ジョーカーに答える。

「彼女、紙使いだと思いますか?」

「わからん……。が、資質はあるのかもな。……少なくとも環境や、外的要因はあの時の話と一致する」

なら、後は内的要因か。ジョーカーはぼんやり考え、一つの結論を出した。

「……助かりましたよ。これで、彼女の配属先が決まった。実は、カーターがそれで悩んでたんです」

モニターのスイッチを切り、ジョーカーは椅子から立ち上がった。


読子・リードマンに特殊工作部への転属指令書が届いたのは、翌日のことである。


「え……ええっと……」

アリスは穴を落ちて、地下の国にたどり着いた。

晴れて特殊工作部にやって来た読子は、既に有名人となっていた。史上初めて、彼女はレッドカーペットで出迎えられた〝新人〟となったのだ。ジョーカーやマリアンヌが、手配したおかげ(?)で。

「すいません、どうもすいません……」

その両脇に並び、笑顔と拍手で歓迎するスタッフに、読子は恐縮しながら頭を下げまくった。地下にこもり、話題に乏《とぼ》しい彼らには、いいイベントなのだ。

そのカーペットの先には、演説用の台が用意されていた。

「さあ、皆さんに挨拶《あいさつ》を」

ジョーカーに促されて、読子は台に着く。こういうのは苦手なのだが、さすがに今、断ることはできない。

読子は何度も瞬きして、なんとか心を落ち着けた。

「えー……こ、こんにちわっ」

声が裏返ってしまった。スタッフの何人かが、くすくすと笑う。

「……読子・リードマンです。……英国と、日本のハーフです。昨日まで、大英図書館に務めてたんですけど……今日付けで、こちらに配属になりました」

なんとか詰まらずに喋《しゃべ》っている。いい感じだ。

「なにかとご迷惑をかけると思いますが……よろしくお願いします」

頭を下げると、拍手が起きた。その音が、読子を勇気づける。受け入れてもらえた、と。

「いや、実にありきたりで、感動的な挨拶でしたよ」

台から離れた読子に、ジョーカーが笑顔で近寄ってくる。スタッフたちも、ぞろぞろと持ち場に戻っていく。彼らにとっては、いい気分転換になっただろう。

「はぁ……あの、ジョーカー主任」

「……そう呼ばれたのは初めてですね。主任なのに。できれば気軽にジョーカー、と呼んでくれると有り難い。みんなそうしてますから」

「そうですか……。ジョーカーさん。私、どこの部署に配属されるんですか?」

小さな期待をしながら、訊《たず》ねてみる。ジョーカーは含み笑いで答えた。

「どこの職場でも、新人の仕事は決まってますよ。……お茶汲《く》みです」


「そして彼が、お茶汲み部の部長です」

「……や、やぁ……」

「ドニー!」

連れていかれた給湯室には、またもエプロン姿のドニーが立っていた。

「あなた、まだお茶汲みしてるの? しかも部長ってなに!?」

「いや、いつのまにか……昇進しちゃって」

ジョーカーが、とぼけた顔で言い放つ。

「彼の淹《い》れたお茶は、たいへんに美味《おい》しいと各方面で絶賛の嵐ですから。新しく部署を設けました。予算も獲得《かくとく》しましたし」

本気にしていいのか。読子はドニーとジョーカーを見比べる。

「読子・リードマン。あなたは当面彼の下で働き、仕事とスタッフの顔、名前を覚えてください。向こう三ヶ月は研修期間とします」

そういう事情ならわかるが、お茶汲み専門の部署とは、冗談にしか思えない。

「……こういうところなんだよ」

読子の心中を察して、ドニーがささやく。

「肩ひじ張ってると損するから。気楽に仕事を楽しむつもりで、ね」

「……あなたがのんびり屋さんになったのは、性格だと思ってたけど……今日、わかったわ。環境のせいもあったのね」

読子はため息をついたが、すぐに笑った。どんな形であれ、ドニーと一緒《いっしょ》にいられるのだ。しかも部署は二人だけ。

ひょっとしてジョーカーが、気を回してくれたのかもしれない。なにをするにも、とにかくヒネクレた過程を踏む人だから。

「では、美味《おい》しいお茶を期待してますよ。よろしく」

ジョーカーはひらひらと手を振って、給湯室を出ていった。

「……さて、と」

二人だけになって、ドニーは読子に向き直る。

「妙な形になったけど。……特殊工作部にようこそ、読子」

芸のない歓迎の言葉に、読子は挑戦的な笑みを作る。

「……やっとここまで来たわよ。もう逃げられないんだから」

二人は漂う湯気よりも、温かい気持ちで笑った。


エプロン姿で駆け回る読子とドニーは、たちまち特殊工作部の名物になった。

午前一〇時半と午後三時、各スタッフにリクエストされたお茶を間違えずに運ぶ。ジョーカーは紅茶、マリアンヌはインド茶、カーターは日本茶と、それぞれ好みも違うのだ。

ちなみに正山小種《ラプサンスーチヨン》を飲んでいるのは、読子とドニーだけである。そんなところにも、勝手に運命を感じてしまう。

お茶汲み部といっても、仕事の内容は雑用である。お茶の時間以外の二人は、書庫の整理、本の修繕《しゆうぜん》など、あらゆる場所の手伝いに出向いた。

それは急速に、読子を特殊工作部に馴染《なじ》ませていったのだった。

ドニーはそれがジョーカーの思惑だったのかと悩んで、結局答えを放棄《ほうき》した。彼はいつもあいう奴だ。結果だけでオーライと考えよう。

特殊工作部という職場において、読子とこの幸福な時間を過ごせることは、彼にとっても大きな喜びだったのだ。

半年の月日は瞬く間に過ぎ去り、ドニーの謹慎《きんしん》が解ける日がやって来た。

その日、ドニーと読子はジョーカーに呼ばれ、その旨《むね》を正式に伝えられた。

「好評を博したお茶汲み部も、今日で解散となりました……。明日からは、またセルフサービスに戻ります。個人的には、とても残念です」

二人の顔も複雑だ。この仕事も楽しいが、一生続けろ、と言われたらさすがに考えてしまう。特に読子は、やはり本がメインの仕事でないと物足りない。

「ドニー・ナカジマ。あなたを本日付けで、エージェント〝ザ・ペーパー〟に復職させます。任務は山のように溜まっているので、今度はくれぐれも、失敗のないように」

失敗、と言ったところに彼なりの気配りを感じる。

「了解しました。……今度こそ、気をつけるよ」

しかしそれでいて、ドニーの顔にはどこか覇気《はき》が見受けられない。

「読子・リードマン」

ジョーカーの目は、続いて読子に向けられる。

読子は身を堅くしている。一体、どの部署に行かされるのだろう。できれば、本がたくさんあって、ドニーと接する機会の多い部署がいいのだが……。

「あなたは、ザ・ペーパーのサポートスタッフに任命します。ドニーと行動を共にして彼を助け、よく学ぶように」

「!?」

読子は喜びで、ドニーは純粋な驚きで目を見開いた。

「……はいっ。がんばりますっ!」

なにを勘違《かんちが》いしたか、敬礼の姿勢を取る読子である。ドニーはなにか言いたそうな顔で、ジョーカーを見つめていた。


「なにか、言いたいことでもあるのでしょうね?」

「ああ、その通りだよ」

読子を部屋の外に待たせて、ドニーはジョーカーに詰め寄った。

「彼女をサポートスタッフになんて、本気なのか? こう言いたくはないが、読子は運動神経ゼロだぞ!? ……現場では足手まといになっても、サポートなんて絶対無理だ! 命にかかわったらどうする!?」

「どうもしませんよ。自分でなんとかしてもらうだけです」

平然とした口調に、ドニーの言葉が止まる。

「特殊工作部に来たからには、命令に従っていただく。そのリスクは全員が均等に負っているのです。彼女だけ贔屓《ひいき》にはできません」

「しかし……彼女には、適性が……」

ジョーカーは、ドニーの肩に手をついて軽く押し、自分から離した。

「適性は、この一ヶ月で測ってきました。……あなたは、彼女を過小評価している。しようとしている、のかもしれませんが」

「…………………………」

曲がったタイを直し、ジョーカーは続ける。

「彼女には、ザ・ペーパーになれる資質がある」

「!?」

ドニーの顔が衝撃に歪《ゆが》んだ。どこかで気がつき、覆《おお》い隠そうとしていた事実をジョーカーに指摘されたのだ。

「バカな……」

「少なくとも、英国の中では一番可能性がある」

ジョーカーは、壁ごしに読子を見つめる。声が聞こえているはずはないが、それでも音量を絞《しぼ》って。

「さっきはあのように伝えましたが、本当は君こそ、彼女のサポートを気にかけてほしい」

「どういうことだ?」

「あなたの役目は、彼女を新たなザ・ペーパーとして教育し、開花させることです」

なぜこの男は、これほどところころと目を変えるのだろう。真剣このうえない眼差《まなざ》しに、ドニーは思った。

「そうすれば我々は、二人のザ・ペーパーを有することができる。任務の安全性は比較的に上がります。あなたにしても、愛情を以《もっ》て彼女を見守ることができるでしょう?」

それは事実だ。しかし……。

「ドニー。これは賭《か》けです。新時代の特殊工作部、〃我々の〃特殊工作部を作るための大きな勝負なのです。ぜひ、あなたに協力してほしい……」

おまえには、あの時の借りがあるだろう? 決して彼は、そんなことを口にしない。言う必要がないからだ。ドニーがそれを感じずにはいられないと、知っているからだ。

「………………」

ドニーは苦悩している。ザ・ペーパーとして自分が体験したことを、読子に味わわせていいものかと悩んでいる。

「向こう一年は、生命がからむような任務はさせません。約束します。その間、ゆっくりと彼女を導いてください」

ジョーカーが囁《ささや》く。静かに優しく、ドニーにしか聞こえない声で。

「……断ったら、どうなるんだ?」

「どうにもならない、ことになる」

廊下《ろうか》に出ると同時に、読子が声をかけてきた。

「ドニー！」

快活な声だ。この半年で、二人の仲は更に接近した。彼女の声は、ドニーにとって無くてはならないものである。

「お話って、なんだったの？」

「……いや、なんでもないよ」

「秘密はナシよ。私たちはもう、パートナーなんだから」

読子は、自分と仕事でペアを組めることを、無邪気《むじゃき》に喜んでいる。

「…………………………」

ドニーは夢想していた。

エージェントを引退し、古書店の店長になって、静かに時を重ねる。田舎町《いなかまち》の、本が読み放題のカフェーもいい。

できれば、その横に彼女がいれば……。

そんな夢を、この半年の間に何度も見ていた。

「ドニー？」

いや。そうではない。

ジョーカーの言うことが、まるで嘘なわけでもないのだ。

彼女が特殊工作部にやって来たのは、疑うことなく自分のせいだ。ならば、自分にできることをしよう。自分の技術を彼女に教えよう。

その果てに、もしも自分が倒れたら。

紙が彼女を、護《まも》ってくれることだろう。

アリスは地下（アンダーワールド）に落ちたが、陽の当たる場所に戻る道は、まだまだある。

「ドニー！　今日、アパートに帰るんでしょ⁉」

読子に肘《ひじ》を掴《つか》まれて、ドニーは我に返った。

「……ああ。やっと謹慎《きんしん》が解けたからね。久しぶりに家でゆっくりするよ」

チャックがすれ違った。もう顔なじみになった読子にも、小さく手を上げて挨拶《あいさつ》する。

「私も、今日は帰ろっと。正式な任務は、明日からみたいだし」

その言葉は、自然とドニーの口をついて出た。本当に意識することなく、ただ、発せられるがままに。

「……読子。……よかったら、僕のアパートに来ないか？」

「⁉　……今日、これから？」

あれほど拒《こば》んでいたドニーが、突然。読子は驚き、そしてゆっくりと喜びを顔に現していった。

「……うん、いいわよ。あんまり遅くならなきゃ、ね。でも、どういう風の吹き回し？」

「話したいことや、見せたい本がいっぱいあるんだ。……僕らはまだ、全然お互いのことを知らないし」

「……そうかもね」

二人は、地上に通じる道を歩き始めた。寄り添うように、身を近づけて。

最初に会ってから、五年。

読子・リードマンはついに、ドニー・ナカジマの隣に立ったのだった。

第三章 『見る前に飛べ』

目が覚めたら、三時間どころか、六時間が経過していた。

「!?」

マリアンヌは声にならない悲鳴をあげて、仮眠用のベッドからはね起きる。

人生でもっとも手早くシャワーを浴び、髪を整え、薄いメイクを施《ほどこ》して戦闘準備を整えた。

その間ずっと「ジョーカーのバカジョーカーのバカジョーカーのバカ!」と唱えながら。

さぞかし冷たい視線を向けられることだろう、と覚悟して特殊工作部の司令室に戻ったが、
彼女が感じたのは正反対の熱気だった。

「ああ、おはよう、マリアンヌ」

通信担当のスタッフが、彼女に気づいて振り向いた。

「エルウッド。……遅くなってごめんなさい。寝過ごしちゃって……」

学生のような言い訳が恥ずかしい。マリアンヌは、その原因となった男の姿を探す。

「……ねぇ、ジョーカーは?」

エルウッドは、専用のパネルをいじりながら答えた。手を休める気はないらしい。

「今は出たり入ったりだな。すぐに戻ってくると思うけど」

「……困ったわ。会見の準備をしないといけないのに」

「あ、会見は延期になったよ」

マリアンヌは目を丸くした。

「ジョーカーが言ってた。他に重要事項ができたんで、後にするって」

「なにそれ!? 聞いてないわよっ!? 後回しって、今から他の国やマスコミに誰が説明するっていうの!?」

声が大きくなるのも無理はない。彼女の担当は渉外《しょうがい》なのだから。

「通達はもうしてある。安心してくれ」

「? 誰がやったの?」

「女王陛下ですよ」

マリアンヌの背後から、ジョーカーが現れる。

「ジョーカー!?」

「おはよう、マリアンヌ。起こしに行けなくてすみませんね。突然、外せない用ができましたので」

自分のデスクに積まれた書類に目を通す。いつものように、平然とした態度で。

「用ってなによ!?　なんで会見を延期にしたの?　……待って、女王陛下《へいか》って言った?」

あふれる疑問が、声を小さくしていった。ジョーカーは時間の節約のため、彼女の問いに一言で答えた。

「各国にホットラインをかけて通告しました。我々はこれから、核兵器の使用を視野に入れつつ、ジェントルメンの制圧に動きます。これは女王陛下の勅命《ちょくめい》ですので」

マリアンヌは、その場に呆然《ぼうぜん》と立ちつくした。

「……夢の続きじゃありませんよ、マリアンヌ」

ジョーカーは書類から顔を上げて、彼女を見つめた。

「これは、夢そのものです」


「……あの金持ちは、限度を知らない」

ねねねはため息をついた。

「……ていうか、寒い」

「そりゃまあ、標高三八〇〇メートルですから」

「富士山より高いのかっ!?　ここっ!?」

サリーから一転、ねねねとウェンディはジーンズに厚手のダウンジャケット、防寒帽にサングラスの重装備だ。

その理由を現すように、二人の視界の先には神々《こうごう》しき神々の山――ヒマラヤ山脈が連なっている。

「……誰だ、あんなモノ作ったのは」

「僕の推察では、ヒマラヤ星人だと思うんだけど」

二人の横に立っているのは、同じ格好のシャールクである。そして二人が立っているのは、ネパールはシャンボチェのホテル前であった。

二人への協力を約束したシャールクは、コンビニにでも出かけるような気軽さでホテルを出て、二人と共に空港に向かい、自家用ジェットを飛ばしてネパールの首都、カトマンズに到着。ヒマラヤ目指してここ、シャンボチェの地にやって来たのだ。

文字にすると簡単だが、それをやってのけるシャールクの行動力と人脈には恐れ入る。彼は飛行機の中でも、始終ノートパソコンで誰かに連絡を取っていた。その結果として、移動先にはすべての準備が整えられているのである。一体この半日で何百万、いや何千万円が遣われたのか。感謝はするが、その金銭感覚には思わずため息も漏《も》れるというものだ。

「でないと、あんな巨大なモノはできないよ」

「……フツーに、大自然のシワザでいいじゃないの」

「いいや！　僕らはそれでカモフラージュされてるんだ！　真実にたどる道は、見過ごしそうななにげないモノにこそ、隠されてるんだよ！」

「見過ごさないだろ、あんな山」

シャールクはどうやら、ねねねが気に入ったらしい。道中でもウェンディを介さず、積極的に彼女に話しかけていた。日本から取り寄せた、UFOやオカルトなどの怪しい文献《ぶんけん》を読み漁《あさ》ってから、興味を持っていたらしい。

ねねねも無下《むげ》にはできず、適当に相手をしていたのだが、期せずしてそのやり取りは漫才のように進化している。それがウェンディには少しおかしい。

このホテルは、エベレストを眺めながら宿泊できるというのが売りだ。

「何度も来てるんだ、ホラ」と、シャールクはロビーの柱を指さした。そこには小さくマジックで、〝写楽参上　夜露死苦《よろしく》〟とラクガキされている。

「暴走族かよ。だいたい写楽じゃなくてシャールクでしょ。日本人が誤解されるようなこと書くんじゃないっ」

「シャーラク？　シャールク？・」

ねねねの微妙なイントネーションを楽しむように、シャールクは繰り返す。

「……絶対私、遊ばれてるだろ」

「まあ、いいじゃありませんか。シャールク、もう私よりねねねさんの方をお気に入りみたいですよ」

「……軽い男は苦手よ。だいたい自家用ジェット持ってるんだったら、それで中国まで連れてってくれればいいじゃない」

「さすがに撃墜《げきつい》される恐れがあるんじゃないでしょうか。ネパールはほら、インドの港使わせてもらってるから、融通《ゆうずう》がきくみたいですけど」

国家間の交渉《こうしょう》が、まるでご近所づきあいのような言い方になる。

「……まあいい。で、これからどうするの?」

「今日はここで一泊して、明日ヒマラヤ越えをするみたいです」

ねねねはうぇ、と顔をしかめる。

「だから軽いんだって！　そんな昨日今日で、エベレストなんて越えられんだろ!?」

ウェンディは、思わず日本語で発せられたねねねの言葉をシャールクに通訳し、彼の答えを聞いて首をかしげた。

「本当は今日にでも出発したいんだけど、シェルパを雇うのに時間がかかるんですって」

「はぁ?」

思わず顔を見るねねねに、シャールクは濃口のウインクを寄越した。

「全部まかせて、ニニニ」

何度も何度もかけ直して、やっと電話が繋《つな》がった。

『……誰かな?』

「俺だよ。ドレイクだ」

盗聴を警戒し、街頭の公衆電話からかけている。相手はジギー・スターダスト。ただし特殊工作部ではない。自宅だ。

『なぜこの番号を知っておる?』

「念のために、調べといた。……俺は心配性なもんでな。いつなにが起きるか怖くてたまらないんだ」

ふん、と無愛想な鼻息が聞こえてきた。

『わしは非番じゃ。プライヴェートを邪魔《じゃま》せんでほしいな』

「特殊工作部の状況を聞かせてほしいんだ」

『本部に聞けばよかろうが。湯水のように電話代を遣うこともあるまい』

ジギーの言うように、テレホンカードの残量はデジタル時計の秒表示のように減っていく。一応、十何枚かは用意しているが、それでも長電話はできまい。

「……本部は俺たちをほったらかしだ。状況報告すらない」

『……そうか。そうかもな。この数時間で、状況は激変しておるからの』

皮肉が混じった口調に、ドレイクが食い下がる。

「なんだそれは? 詳しく教えてくれよ」

『機密を漏《も》らすわけにはいかんな』

『機密なら、俺たちにも知る権利はあるだろう！　あの女の命がかかってるんだぞ！』

ドレイクの声が耳に痛い。ジギー・スターダストは受話器を持ったまま、乱雑な家の中を見回した。

他に人の姿はない。妻も子も持たず、紙の研究に人生を捧げてきたのだ。その証《あかし》が、特製の棚《たな》に保管された無数の紙と、床に転がる酒瓶《さかびん》である。

……いや、もう少しだけあった。

暖炉《だんろ》の上に、幾つか写真立てが並んでいる。その中の一つに、数年前に撮ったものがある。特殊工作部の開発部で、ドニー・ナカジマ、読子・リードマンと一緒に撮ったスナップだ。

「……………………」

彼はしばしの間それを見つめた後、受話器に向き直る。

「……わしはナチスにも口を割らなかった男じゃ。……が、ここで黙っておれば、連中と同じく地獄ゆきかもな」

森は唐突《とうとつ》に切れて、壮大な空間が目前に広がった。

「わー……」

「うわー………」

子供のように口を開けたのは、茜《シー》と帆《ファン》である。精神年齢が幼いので、ストレートに感情が出てきたのだ。しかし、他の四人も似たようなものである。

チャイナたち一行の前には、大きな大きな窪《くぼ》みがある。ほぼ完全な円形で、直径は二キロほどもあるだろうか。隕石《いんせき》の落下跡、クレーターという表現がぴったりくる。

底にはところどころ、岩が突き出したり草地も見えるが、大半は荒れ地だ。動物の姿も見えない。

それはチベット自治区の奥深く、崑崙《コンロン》の地に記された、不思議の大地だった。

「約束の地……?」

「ここが……?」

王炎《おうえん》の疑問を、静が捕捉する。そしてチャイナがぽつりとつぶやく。

「そう。ここがあいつと私の〝約束の地〟。……どれだけ時が過ぎても、やっぱり変わらないものね……」

一抹《いちまつ》の寂しさが隠れている。ここで起きたことを、思い出しているのだろうか。

そう、ここではかつて〝なにか〟が起きた。そうでなければ、こんな不自然な地形は生まれない。カナダに似たようなクレーターがあるが、それは隕石の落下跡と言われている。

しかし、ここは違う。王炎は一目でそれを確信した。円形に歪《ゆが》みがないからだ。隕石の落下跡なら、進入角による偏《かたよ》りができるはずだ。

つまりこの地形ができた原因は、中心にあるということだ。爆心地のように、多大なエネルギーの放出があったと考えられる。

「中華鍋《ちゅうかなべ》みたい～～～～」

茜の、緊張感を欠いたつぶやきが、一同を脱力させた。

「茜！　なんだその見たまんまの感想はっ。おばあちゃんの思い出の地に失礼だぞ！」

静がいち早く立ち直り、末妹を叱咤《しった》する。

「そうだ！　せめてなんかこう、……アイスを丸いあの、スコップみたいなのでえぐった跡とか、あるだろっ！」

「帆ちゃんの表現も、変ねー」

「前に北京《ペキン》で食べたサーティーワンから、連想したんですね」

「結局二人とも食いしん坊かー、あははは」

薇《ウェイ》と琳《リン》の指摘に、二人が顔を赤くする。

「だって、お腹《なか》すいたんだもん～。ね～、帆ちゃん」

「あたしはすいてない！　おまえと一緒《いっしょ》にするな！」

「あはははははははは！」

陽気な笑い声で一同の注目を集めたのは、チャイナだった。

「あんたたち連れて来て、よかったわ。ヘンなこと思い出さずにすんだ」

五鎮《ごっちん》姉妹は顔を見合わせる。褒《ほ》められたのか？　と複雑な表情を作る。

「……とにかく、今のうちに腹ごしらえをしておきましょう」

王炎が場を取りまとめる。チャイナの言う〝ヘンなこと〟に興味はあるが、それが語りたくない類《たぐい》のことかもしれない、と気をまわしたのだ。

「なにか、狩ってきましょうか？」

琳が手中に、串《くし》を構えながら言った。鳥か兎《うさぎ》なら、すぐにでも獲《と》ってこれる。

「いいえ。……この中に、非常食がありますから」

王炎は、自分の持っている本を軽く叩いた。仙術により、彼の本はあらゆるものを吸い込むことができる。このような場合に備えて、糧食《りょうしょく》も入れてあるのだ。

「間違って、ファウスト出さないでよ。食事時に見たい顔じゃないわ」

チャイナはそう言って、クレーターの緩いカーブを下りていく。


雨が降ってきた。

天気雨だ。空は晴れているのに、雨粒が落ちてくる。読子《よみこ》は本が濡れないように、コートの奥に抱え込んだ。

丘を下りたところに、小屋が見える。ずいぶん古い小屋だが、雨宿りぐらいはできそうだ。

読子はのろのろと、斜面を下り始めた。

「誰か、いますかぁ〜……」

聞くまでもなく、人の姿などない。十数軒並ぶ小屋はどれも無人で、壊れかけている。どうやら廃村のようだ。

中国の山間部には、地図にも載っていない村がある。電気も引かれてない場所もある。そこに住む人々の中には、自分の生まれた村から一歩も外に出ることなく、生涯《しょうがい》を終える者も多い。

ここも、そんな村だったのだろう。人々はおそらく、農業で生活し、なんらかの事情で生地を棄《す》てたと考えられる。

「……おじゃまします……」

律儀《りちぎ》に挨拶《あいさつ》し、読子はその中の一軒に入っていった。

村の中でも実力者だったらしく、それなりに広い。家、と呼称していい大きさだ。しかし古さは隠しようがなく、石を積んだ壁も所々崩《くず》れ、伸びた草の先が顔を覗《のぞ》かせる。

読子は土間に伏せられた、瓶《かめ》の上に腰掛けた。

「…………………」

メガネのレンズを、涙のように水滴が流れていった。

これからどうすればいいんだろう。

ジェントルメンとチャイナ。どちらが勝つかわからない。だが、今のジェントルメンを止められる存在は地球にいない気がする。

チャイナさん。文鎮《ぶんちん》の女の子たち。……王炎さん。

みんな、ジェントルメンさんに殺されちゃうのかな。

ふと浮かんだ考えに、温度が感じられなかった。あまりに現実味がない。あの人たちが死ぬなんて。

だが、読子は知っている。

どれほど現実的でなくても、起きることがある。

直面した人間を空っぽにする、想像もしえない事態が、起きることがあるのだ。

止めなきゃ。

頭でそうわかっているのに、身体《からだ》を動かす力に繋《つな》がらない。

たった二十六年生きただけで、何十万年の生を経たジェントルメンに敵《かな》うわけもない。

読子はただ座り続けた。

やがて、屋根を叩く雨音が消えた頃。

「…………………………?」

彼女は土間の片隅に、堆《うずたか》く積まれたものを見つけた。

「いい報せと、悪い報せがある」

ホテルの部屋で、ドレイクは傭兵《ようへい》仲間たちを見渡した。

「どっちから聞きたい?」

「いい報せに決まってるだろ。善は急げだ」

「私は悪い報せを先にして。好きな料理は最後にとっておく主義なの」

「僕はいい報せで。……この気分を少しでも和らげたいんです」

「俺は悪い報せにしようかな。残り物には福がある、っていうしな」

ドナルドとフィ、グロリアとウォーレン。呆《あき》れるほどに真っ二つだ。このチームワークの無さで、よく戦場を生き抜いてこれたものである。

ポーカーで負け続け、憮然《ぶぜん》としているフィを見て、ドレイクは決断した。

「……個人的に、フィの意見を尊重する。いい報せというのは、特殊工作部と連絡が取れた。任務の進行について指示を受けた」

「つまりは働けってことでしょ?　あんまりいい報せに聞こえないわ」

「僕はポーカーから抜けられるのなら、なんでもいいです……」

一番の勝者と一番のカモが、それぞれの見解を述べる。

「それで、指示はどんな内容なんだ?」

どうやらトータルでプラスに持ち込んだウォーレンは、視線をメモに止めたままだ。勝敗の計算が記されているのだろう。

「諸君が遂行《すいこう》するはずだった任務は、諸事情によって中断になった。チームはここで解散だ。報酬《ほうしゅう》は後日、全額が指定の口座に振り込まれる」

ドナルドが小さく口笛《くちぶえ》を吹く。

「潜水艦に乗っただけで丸儲《まるもう》けか。やったな」

「なんですかそれ⁉ 諸事情って、なにがあったんです？

ドナルドと対照的に、フィは口を尖らせる。任務がどうこう、というよりも、振り回されることが苛立《いらだ》つのだろう。まだまだ若い。

ドレイクは、ジギーから聞いた範囲内で、英国に起きていることを話した。特殊工作部がジェントルメンを攻撃しようとしていること、核使用も視野に入っていること。女王の承認が下りていること、……事実上、読子の存在が計画から無視されていること。

傭兵たちは、ドレイクの説明をそれぞれに咀嚼《そしゃく》する。

「ちゃぶ台返しもいいところだな。任務を命じた本人が出しゃばってきて、その留守番《るすばん》をするはずの英国が本人ごとチャラにしようってのか」

「……まあ、歴史をひもとけば珍しいことじゃない」

「ジョナサンをアメリカで育ててよかったわ」

それなりに納得の態度を見せる三人に対して、フィは完全にはふっきれないようだ。

「……腑《ふ》に落ちませんね。最初から、自分で行けばよかったのに」

「権力者が後ろにいたがるから、俺たちの仕事が成り立つんだよ。理解しろ」

ウォーレンに肩を叩かれて、しぶしぶフィが黙った。

「さて。ここからが悪い報せだ」

そういえば、そっちをまだ聞いていなかった。傭兵たちは、再度ドレイクを見た。

「……任務は中断になったが、俺は個人的に対象の女を助けたい」

「………………………………」

全員が意外そうに、ドレイクを見る。ドレイクは構わず続ける。

「そこで、諸君を自費で雇いたいと思う。仕事の内容は、読子・リードマンという女を救出する、それだけに絞《しぼ》る。グーテンベルク・ペーパーは無視して構わない」

なぜか、マギーの顔が頭に浮かんだ。声に力が入った。

「……説明したように、もう英国のサポートは得られない。装備も、情報もだ。それは自力でカバーすることになる。対象の情報は既にある程度集めさせているが、敵の詳細は不明だ。……そして。正直、俺のポケットマネーでは、英国の提示したギャランティーの半分しか払えない。非常に困難で、危険で……最悪の仕事になることも予想される」

四人とも、黙ったままである。表情に感情も見せない。

「俺は諸君が苦手だ。……しかし、その能力は世界のどのチームよりも信頼している。できれば仕事を引き受けてほしい。ほしい……が、同時にお互い、プロであることも熟知している。情にすがる気もないし、断られても決して恨まない。俺は俺のできる条件を提示し、諸君たちに判断してもらうだけだ」

ドレイクは説明を終えた。

誰も口を開かなかった。相談もしなかった。

長い沈黙の後、フィが手を挙げた。

「質問、いいですか?」

「なんでも聞いてくれ」

「どうしてそんなに、その女性を助けたいんですか?」

少し黙った後で、口を開く。

「俺は想像力がないんでな。ここであの女が死んだら、娘に話すおとぎ話が、デッドエンドになっちまう」

ドレイクは、読子の活躍を脚色して、娘のマギーに聞かせている。ヒロインの名をジェーン、と変えて。

「……おとぎ話の主人公は、ハッピーエンドを迎えなきゃならない。でないと子供は、夢だか希望だかを覚える前に、ひねくれちまう。……俺は俺の手で、マギーに語るおとぎ話の最後を、作ってやりたいんだ」

なにを言っているのかわからない。

それでも、ドレイクが本気であることだけは伝わった。

「……私たちは、傭兵《ようへい》よ」

答えを出したのは、グロリアだった。

「だから金で動くの。確かに英国からギャラは貰《もら》うけど、ドレイク、あなたに対する条件がそれで甘くなることはないわ。わかるでしょう?」

「……ああ」

コツコツと、ドナルドが指先でテーブルを叩く。

「おまえの提示したギャラは安すぎる。受けることはできない」

「…………………」

ドレイクは視線を落とした。

「つまりは金だよ、ドレイク。そんな危ない橋、半額セールじゃ渡れないってことだ」

「ウォーレンさん!」

その言い方に、フィが思わず大声を出した。

「そんな言い方ないでしょう!? ドレイクさんは仲間じゃないですか!」

「ならフィ、おまえは受けるのか? だとしたら、英国からのギャラは誰が受け取る? ママだって、振込通知と死亡確認書を同時に受け取りたくないだろう。やめとけやめとけ」

フィが反論できないのは、自分が一人で参加したとしても、仕事が果たせるとは思えないからだ。成功率を上げるには、他の三人の協力が絶対に必要だ。

重たい沈黙が流れた。

その沈黙を断ち切ったのは、艶《つや》のある声だった。

「オーケー。話は聞いたわ」

その声は、床から聞こえた。一同が見つめる前で、部屋の床から垂直に、人間が生えてきた。いや、床を透過《とうか》して上がってきたのだ。

新規のダイブスーツに身を包んだ、ナンシー・幕張《まくはり》だった。ドナルドの目が、大きく開かれる。

「問題がお金っていうなら、話は早いわね。残りの半分のギャラは、私が払うわ」

腕を組み、傭兵たちを威圧する。豊満な肉体と、それ以上に鍛えられた精神は、決して彼らにひけをとらない。

「だったら、文句は無いでしょう？」

「ああ、ないな」

驚くほどあっさりと、ウォーレンが返答する。

「……引き受ける理由が、できたわね」

グロリアが微笑する。

「私たちは傭兵よ。なんでも言いつけてちょうだい」

「いいわね、それ。私は協調性の無い女だから、パートナーよりリーダーの方が向いてるの」

「……一応、俺も半分出すんだからな。忘れるなよ」

え？　え？　とフィが一同を見比べる。

「……つまりは、作戦続行でいいんですよね？」

「だな。……俺たちは英国みたいに、待機手当は払えない。すぐに動くぞ、支度《したく》しろ」

ドレイクの言葉で、一同が立ち上がる。

ドナルドはまっすぐにナンシーに歩み寄り、その手を取った。

「あんたに使われるなんて光栄だ。よろしく頼むぜ、ご主人様」

ナンシーは皮肉に笑って、彼の手から自分の手を〝抜き取った〟。

「こっちこそ。せいぜい、馬車馬《ばしやうま》のように働いてね♪」


王炎と静は、林の中を歩いている。

クレーターの周りを囲む林だ。チャイナたちは穴の中心に位置する岩に、陣取っている。どこから誰が来ても一目瞭然《いちもくりようぜん》だが、念のために偵察に出たのだ。

「……どんな場所でも、同じですね。一目でわかります」

「はい……」

冷静な王炎に対して、静はうつむき気味である。二人を指名したのはチャイナだが、その心遣いが有り難くもあり、正直、困惑のもとでもある。

もし、これから始まる戦いが、彼女の想像するようなものだったら。これは、最後のチャンスなのかもしれないのだ。

「南西から来るのが普通でしょうが、油断は禁物です。幸い人数はいる、おばあちゃんを囲むように位置し、見張りましょう」

「はい……」

的確に思考をめぐらす王炎に、静はただ頷《うなず》くだけだ。自分の頭の悪さが腹立たしい。

「どうしました?」

そんな静の心情を察したのか、王炎が立ち止まる。

「もしかして、食事にあたったとか?」

「いっ、いいえっ！　滅相《めっそう》もありません！　世界で一番美味でした！」

少し前に、一同は王炎が本から取り出した非常食を食べている。団子《だんご》や月餅《げっぺい》などを真空パックしたものだったが、腹は膨《ふく》らんだ。

「では、いったい?」

静は、その名よりもずっと静かに切り出した。

「……王炎さんに、頼りっぱなしの自分が、不甲斐《ふがい》なくて……」

「は？」

「……私たちは、親衛隊でありながら……。おばあちゃんをあのメガネに奪われて、……読仙《どくせん》社《しゃ》の仲間も、助けに行けなくて……。なんのために鍛えてきたのか、本当に……」

改めて口にしてみれば、ますます落ち込んでしまう。静の責任感の強さは、姉妹一だった。

「自分が、嫌になります……」

「そんなこと、思う必要はありませんよ」

王炎は、笑顔で静を見た。

「みんなが、自分のできることを精一杯やってることは、知っています。……それができれば、人間は十分です」

穏やかな言葉が、静の心中にしみこんでいく。

「倒れた仲間たちも、みんなそうでした。私は、そんな読仙社を誇りに思っています。たとえ本部を失っても、あなたたちや、おばあちゃんがいる限り、読仙社は不滅です」

「王炎さん……」

それが励《はげ》ましだとわかる。置かれている状況は悲観的で、迫り来る敵は絶望的に強い。だが、王炎の発した言葉には、信じるに足る温もりがあった。

じーっと見つめられて、王炎は少し頬《ほお》を赤くした。

「……戻りましょうか。みんなも待っているでしょうし」

照れ隠しか、王炎は背を向けて歩きだした。その背中に、静は言った。

「王炎さん。……好きです」

確かに届いたその声に、王炎の足が止まった。


チャイナは円形の窪《くぼ》みの底、中心地の岩に腰掛けている。

静を除く四人の姉妹はその周りに、わらわらと座っている。

「……退屈ねー」

「プレステ持ってくればよかった～……」

「電気もモニターも無いだろうが。バーカ」

「あら、まあ……」

帆の言葉に、琳が白々しい驚きの顔を作る。

「？　なんだよ？」

「いえ、バカ女組の帆ちゃんが、珍しく理論的にツッコんでいるので……」

「きっと、明日は晴れのち雪時々雷ねー」

「おまえたち、姉をバカにすると末代まで祟《たた》るぞっ」

わぁわぁ騒ぐ姉たちをよそに、ぽん、と茜が手を叩く。

「ゲームボーイにすれば、いいんだ」

賑やかさに、チャイナが微笑する。永い生の果て、最期の時を共に過ごすのが、これほど能天気な娘たちとは。

　前にこの地に来た時は、想像すらできなかった。しかしだからこそ、人生はおもしろい。予測不可能なことがあるから、人は生に立ち向かうことができるのだ。チャイナはそう、信じている。

「…………あら」

　偵察を終えたか、王炎と静が帰ってきた。静の方が先に立ち、数歩遅れて王炎が続く。二人とも、黙ってやや俯《うつむ》いている。出ていった時とは、なにか雰囲気《ふんいき》が違う。

「ただいま、帰りました」

　一同のもとに着くと、静が顔を上げた。声も素振《そぶ》りも落ち着いている。

「……今のところ、異状はありません。しかし、やはりここは周囲から丸見えです。円形に陣を組み、見張るのが一番だと思います」

　王炎も、静と同じく平静だ。二人にしたら、なにか進展があるかと思ったが、余計なお世話だったか。

「名案がある！」

　帆が元気よく手を挙げる。

「ジェントルメンっていうバカが来たら、おばあちゃん、王炎さんの本の中に入ってもらうってのはどうだ？　そしたら敵も手を出せないだろ⁉」

「帆ちゃんは、根本的な勘違《かんちが》いをしてますね」

「そーそー。もともとおばあちゃんは、そのバカとケリをつけようと呼び出してるんだから。隠れちゃ意味ないねー」

琳と薇の指摘に、帆が口ごもった。

「……安全かもしれませんが、もし私が倒された場合、本からおばあちゃんを解放する手段が無くなります。できればそれは避けたい」

王炎が目を伏せた。

その方法を考えなかったわけではない。だが言うまでもなくチャイナは反発するだろうし、話した通りの不安もある。

そしてこれは、彼にとっての切り札でもあった。いざとなれば、本の中に捕獲《ほかく》しているファウストで、ジェントルメンに交渉できる。あらゆる状況に対応できるよう、可能性は残しておかねば。

「まあ、私としてもファウストと相席ってのは遠慮《えんりょ》したいわね」

当のチャイナにもやんわりと否定され、帆はしょんぼりと肩を落とした。

「………………………」

その肩に、静が手をかける。

「気を落とすな。おまえはおまえで、おばあちゃんのことを心配したんだろう？　それは間違ってない」

「静…………」

いつもなら強い口調で叱責《しっせき》するところを、優しい言葉で慰《なぐさ》める。

「確かに、おばあちゃんに決着はつけてもらおう。だが、絶対に死なせない。それが私たちの役目だ。私たちは最後まで、親衛隊として仕える。それだけだ」

静かであって、静かでない。そんな印象の口ぶりだった。腹を据《す》えた人間の持つ力のようなものが、今の静にはみなぎっている。

「……止めてよ。変に気を使ったりしないからね。自分の身は自分で護《まも》るのよ」

「お構いなく。もとよりそのつもりです」

返答したのは、静ではなく王炎である。物静かなのは元々だが、口調に重みが増している。

彼もまた、いざ決戦の地に立って、決意を新たにしたのだろうか。

「……円陣を作れ。休息は交代で取る」

命令し、静は歩き出した。王炎も、彼女と正反対の方向に歩を進める。

「……なにか、雰囲気《ふんいき》微妙に変わってないー？」

「薇ちゃんに、賛成です」

茜は王炎と静の背中を見比べる。みるみる離れていく、二人を。

読子が見つけたもの。それは、土の山である。

土間の隅に寄り集まった、黒く小さな土の塊《かたまり》。吹き込んできた砂や土埃《つちぼこり》が、そこに集まったものなのだろう。

しかし読子は、その山から目が離せない。

「……………………」

なぜなのか、どうしてなのかは自分でもわからない。ただ、思考というよりも直感が……いや、メガネがそれに反応した。

まさか。そんなことが。

読子は立ち上がり、土の山に近寄っていく。

そんなことがあるわけがない。だがまさか、という思いを胸に抱きながら。そう、この高揚《こうよう》を自分はかつて味わっている。

読子の手が、土に触れる。永らく積もっていたそれを、撫《な》で落とす。

「!?」

その下から、茶色に変色した紙が現れた。残りの土を払いのけて、埋もれていた紙を引っぱり出す。

それは紙の山だった。正しく言えば、本の山だった。積まれていた本に、土が重なってカモフラージュの役目を果たしていたのだ。

「……本……」

読子は思わずつぶやいた。

以前、無人島で遭難《そうなん》した時。もっとも苦しかったのは、本が読めないことだった。あの時も、精神的に追いつめられたところへ、一冊の本が漂着してきた。

それがどんな理不尽《りふじん》な手段であろうと、彼女が悩んでいる時、苦しんでいる時、迷っている時には本が現れる。

それが、読子・リードマンという女の運命であり、業《ごう》なのだ。

彼女は、『そばかす先生のふしぎな学校』を脇に置き、発掘した本のページを開く。

何十年も、もしかすると何百年も昔の本だ。奇跡的に本の体裁《ていさい》をなしているのは、和紙だからである。洋紙に比べて、和紙の耐久年数はおそろしく長いのだ。

それでもページがくっついていたり、泥や雨水が滲《にじ》んで読みづらい箇所《かしょ》もある。読子は苦心しながらもそれを開き続けた。

幸いなことに、山の中心部はほとんど被害を被《こうむ》っていない。読子はそこまで掘り進んで、この本の作者が、同じ人間であることに気づく。

物語かと思っていたが、どうやら違う。作者が思うままに、自分の考えや意志を連ねている。思想書というには及ばないが、熱意は強く伝わってくる。

この世の中は、一体どうなっているのか。

山深い村に生まれた自分は、それも知らずここで死んでいくのか。

自分にできることは、なんなのか。

そんな衝動《しょうどう》が、ひたすら書かれている。

青い。青臭い。それでも、読子はこの誰が書いたかもわからない本から、目が離せない。本の内容は、少年期から時を経て青年時代に移りゆく。

作者は、家の主である親と対立する。親は当然、自分の跡を継いで、この村の長となることを望んでいる。だが、作者は自分の衝動を、外に向けずにはいられない。町に行かせてくれと何度も話しあう。

まるで青春小説のようだ。人は本当に、どこでもいつでも同じようなことで悩んでいるものである。結局両者は物別れし、作者は家を出たようだ。旅立つ前日までの心境を記し、本は終わる。

その心境とは。

大きな興奮と、それを上回る不安である。自分が何者なのかを知る喜びと、知らされる恐怖が混在する。それが旅立ちというものなのだ。

だが、その本はこんな言葉で締めくくられる。

『……思いを記す日々は、今日で終わりだ。明日からは書く前に、飛ぼう』と。

「…………………………………………………………」

読子の目は、その文字に釘付《くぎづ》けとなった。

『見る前に跳べ』と遺したのはW・H・オーデン、英国の詩人だ。考えるのもよいが、行動することこそ重要である。その意を広く伝える言葉として、世界中に伝えられた。

この名も無い作者は、時と場所を隔《へだ》てながら、同じ言葉にたどりついた。そしてその言葉は、読子を通して繋《つな》がった。

「……書く前に、飛ぶ。……見る前に、跳ぶ……」

読子はゆっくりと、顔を上げる。壊れた屋根から、空の光が差し込んできた。

「…………………………………………………………！」

その光が、彼女のメガネに美しく反射した。

誰が聞くでもない音を立てて、家が崩《くず》れる。

そこから白い直線が、空へと飛び立っていく。

紙だ。紙の塊《かたまり》だ。それは周囲に、雪のように紙片を散らしながら、速度を上げていく。

塊は鋭《とが》く尖りながら、地面と平行に角度を傾ける。その形が完全に紙飛行機になった時、機上に読子が立ち上がる。

ジェントルメン。

確かに、力も智恵も経験も、彼のほうが読子よりずっと上だ。しかしそれが、〝飛ばない〟理由にはならない。読子ができることを決めるのは、読子自身でなくてはならないのだから。

そうでなければ、悔《く》いを残すだけだ。

読子は、チャイナに死んでほしくない。

王炎にも、あの姉妹にも死んでほしくない。いや、もう誰にも死んでほしくない。

英国と中国も、仲直りをしてほしい。

そのために、読子は飛ばなければならないのだ。誰の言葉にも、怯《ひる》むことなく。

いつもそれを、本が教えてくれた。今回もそうだ。

ジェントルメンが孤高の魔人なら、何億冊、何兆枚の紙が彼女の味方だ。

必ず止めてみせる、ジェントルメン。

そしてみんなが、めでたしめでたしと平和に暮らすのだ。

機首の目指す先を見据える、読子のメガネに曇りはない。

山が森が、河が岩が、彼女の後方へと過ぎ去っていく。


「……ねぇ、静ちゃん」

茜が、こっそり静に声をかけた。

五鎮姉妹と王炎は、中央の岩に座するチャイナを囲み、距離を取って六方を見張っている。

一時間半ごとで、時計回りに位置を移動し、チャイナの見る方角の者が睡眠を取る。

それなりの距離があるため、会話ができるのは隣の者がせいぜいだ。茜は静の隣に位置しているので、どうしても聞きたいことを訊ねたのだった。

「……王炎さんと、なにかあったの?」

「気を抜くな。しっかり見張っていろ」

静は自分の担当する方角を見たまま、首も動かそうとしない。

「見てるよ。……だから、なにかあったの?」

バカ女組ではあるが、無神経ではない。茜は声を静に聞こえるギリギリまで落としている。

もう片側の帆は休息しているから、とりあえず心配はないだろう。

「…………………………」

静はしばらく黙った後、小さく息をついた。

「……おまえには、借りがあるからな」

昨日、落ち込んでいた時に茜に励《はげ》まされたことを言っているのだろう。

「告白した。……好きだって」

「!」

声を出さずにすんだのは奇跡だった。茜は驚きで、荒くなる鼓動をどうにか落ち着けようと、意味もなく胸を叩いた。

「……本当に？　静ちゃんが？　……よくそんな勇気あったね～……」

「いや……勇気というか……なんか、ぽろっと言っちゃった……」

急にくだけた口調になった。その瞬間を思い出しているのかもしれない。

「……で、なんて言われたの？」

「……フラれたよ。……王炎さんは、もう誰も好きにならないんだって」

「なんで!?」

「わからない。……でも王炎さんは、言ってくれたんだ」

静はずっと遠くまでを見つめて、大切にしまっていた言葉を取り出した。

「〝好きになってくれて、ありがとう〟って」

「…………………」

茜はちらりと、静を見た。清々しい横顔だった。

「……それで、私はもっと王炎さんのことが好きになった。それでいいんだ」

「……本当に、いいの？」

「ああ。いいんだ……」

長姉と末妹の会話は、誰にも聞かれることなく消えていった。

茜は振り返り、王炎を見る。背中ごしで、表情も見えない。あまり人に怒ることはない茜だが、この時ばかりは少しだけ、王炎が腹立たしかった。

そんな茜を、チャイナが見つめる。

「!?」

思わず「すみません、よそ見してて……」と謝りかけた茜の、さらに彼方をチャイナが見据《みす》える。

「………来たわ」

「!」

振り向いた茜にも、その姿は見えた。クレーターの淵《ふち》に、長身の男が立っている。

「! 来たっ!」

茜の大声に、全員がその方向を見た。帆も跳ね起きる。

「……ジェントルメン」

すいっ、と音も立てずに、王炎が茜と静の間に現れていた。他の姉妹も急ぎ、周囲にかけつける。

「構えろ!」

静の号令で、姉妹はそれぞれの武器を取り出した。帆は三節棍《さんせつこん》、薇は棘《とげ》つきの鉄球、琳は串、茜も円形の盾を背中から前に回す。

「読仙社、同志の遺志を継ぎ、おばあちゃんを守り抜く。それが我ら姉妹の使命だ!」

「おう!」

「おぉ～……」

ワンテンポ茜が遅れるが、もう諫《いさ》める者はいない。意識は彼方のジェントルメンに集中しているのだ。

「…………………………」

王炎が、その横で本に手をかける。ジェントルメンの力は直視していない。しかし一人で読仙社を壊滅した男だ、警戒しすぎることはない。

チャイナは岩の上で立ち上がった。

「……まあまあ、どれだけ変わってるかと思ったけど……」

その瞳は、一キロ先のジェントルメンを鮮明に捉えている。しなやかな筋肉に不敵な笑み、身にまとっているのは獣《けもの》の皮だ。

「……昔のまんまじゃない。惚《ほ》れ直しちゃいそう♪」

にいっ、とチャイナが口の端をつり上げた。

「迷わぬものだな。記憶より、足が覚えていたとみえる……」

ジェントルメンは、広大な穴を見渡してつぶやいた。その中心にはもちろんチャイナと、王炎たちの姿も見える。

「……なんだ、ずいぶんと見物人が多いな」

しかし誰より彼の視線が摑《つか》むのは、チャイナだ。幼女の姿をした、彼女の最初の妻だ。

「また奇矯《ききょう》な格好をしおって。自分を何歳と思っている」

ジェントルメンはそこまでつぶやいて、今の自分の姿を思い出し、苦笑した。

「案外に、今こそ似合いの夫婦かもしれんな。わしらは」

ざくり、とクレーターに一歩を踏み出す。裸足《はだし》の感触が、今さらながら心地《ここち》よい。かつてはこれで、走り回っていたものだ。

その動きを見て、王炎たちが身構えた。

「……ザコはまかせる。ゆけ」

ジェントルメンの言葉で、周囲の樹をなぎ倒し、一斉に〝森の仲間たち〟が出現した。


「!?」

王炎と五鎮姉妹は目を見張った。

最初、ジェントルメンの力で森の樹が倒れたのかと思った。しかしそれは、現状にほど遠い楽観論だった。

樹を倒したのは、〝バケモノ〟だった。脚の生えた魚、牙の巨大化した狼、首から下が半固形で、蠢《うごめ》きながら向かってくる猿……。悪夢のような一団だった。

これだ。こいつらに、仲間は倒されたのだ。王炎は、報告を受けてその事実を知っている。

姉妹たちにも話している。

しかし、実際に本物を目の当《ま》たりにすると、まさに百鬼夜行《ひゃっきやぎょう》だ。普通の人間なら、失神しかねない異形《いぎょう》の集団だ。

「なんだ、あれっ⁉」

「悪いけどちょっと、シュミにあわないねー」

「……生け捕りにしたら、高く売れますかね？」

「いやー⁉　コワーい！」

驚きを隠せない妹たちを、静が鎮《しず》める。

「迷うな！　どんな姿であろうと、敵は敵だ！　おばあちゃんに指一本触れさせるな！」

長姉の喝《かつ》に、四人は平常心を取り戻す。その間にも、バケモノたちはみるみる迫ってきているのだ。ここで我を見失えば、敗北に直結する。

「……下がってください。ここは私が引き受けますから」

姉妹たちの前に、王炎が進み出た。だがその横に、すぐに静が回る。

「王炎さんこそ、引っ込んでてください」

「？」

見たことのない静の態度に、王炎は驚いた。静は前を見つめたまま、言ってのける。

「これは我々の仕事です。王炎さんは、おばあちゃんの守りを」

「……………………わかりました」

揺るがないと見て、王炎が下がる。

「……そう言うからにはご健闘を。さもなくば、容赦《ようしゃ》なく助けますよ」

「ご無用です」

二人の関係は変わった。静は、そう感じていた。

だが、これもまた心地よいものだ。

「静!」

帆が叫んだ。バケモノの波は既に、彼女たちから一〇〇メートルほどの距離にまで達していた。

「行くぞ!」

静は長い文鎮《ぶんちん》をふり回し、自ら先頭を切って出る。

「おう!」

「おぉ～……」

妹たちが、それに続いた。

女子高生、ヒマラヤを往《ゆ》く。

インドに引き続き、そんなタイトルがねねねの頭に浮かんだ。

　今回も、「このお話は現実とは関係ないフィクションです……」の注釈《ちゅうしゃく》が必要だ。なにしろ自分はやはり〝元〟女子高生であって、現役ではないからである。

　しかしなんというか、ヒマラヤを往っているのは事実なのだった。

「……高山病になりそう……」

「予防薬は飲んでるし、大丈夫《だいじょうぶ》ですよ」

　ねねねとウェンディ、そしてシャールクはホテルを後にして、山地部へと入っている。三人の後ろには、二〇人ものシェルパがそろぞろとついてくる。まるでキャラバンのような大所帯だ。

「……なんで、こんなに人数がいるの?」

「山を越える道具を、運んでもらってるんだ」

　マジでこの男、自分たちにヒマラヤを踏破《とうは》させる気か?　ねねねの背に冷たいものが走る。読子のためなら、どんなことでもするつもりだが、登山経験もない自分には無理に決まっているだろう。弱音などではなく、明白な事実だ。

「シャールク。私、小学校の遠足以外で山なんて、登ったことないよ?」

「僕もだよ。デビルズ・タワーなら行ったことあるけどね」

　それは『未知との遭遇《そうぐう》』でUFOが出現するポイントではないか。

「ならわかるでしょ?　エベレスト登頂なんて、無理よっ!」

「それは英語の呼称だね。ネパールではサガルマータ、って呼ぶんだよ。意味は〝大空の頭〟だ。ちなみにチベット名はチョモランマ」

「どれで呼ぼうと、世界一高いってことに変わりはないでしょ！」

大声を出すと、息苦しい。忘れてはいけない、ここは富士山《ふじさん》より高い場所なのだ。

「シャールク。私もねねねさんと同じ意見よ。そもそも、山岳用の準備が少なすぎるわ。酸素ボンベもテントも無いし」

ウェンディがねねねの肩を持つ。だが当然すぎる指摘を、シャールクは笑い飛ばした。

「僕も寒いのは嫌いだよ。だいたいあんな山を登ってたら、時間の無駄《むだ》だ」

え？　と二人はシャールクの顔を見る。美少女二人に見つめられ、彼は手持ちのカードの中で最高の笑顔を浮かべた。

「だから、近道を行こう」


「なんだよ、ここ……」

数時間後、一行がたどりついたのは、山脈の麓《ふもと》にある大きな峡谷《きょうこく》だった。大きな、といってもスケールが違う。谷の幅はトラックで競馬ができるほどだ。

「オーケー。荷物降ろして」

シャールクの指示で、シェルパたちが担《かつ》いできた荷物を降ろす。

「手順はいつもどおりだから、ちゃっちゃと組み立てて」

彼らはザックやケースから、それぞれ運んできたパーツを取り出した。金属製のシャーシやバー、タイヤも見える。

「はい。顔にフィットするか、試してみて」

シャールクが、二人にゴーグルを手渡す。ライトやバッテリーが付いた、大きなものだ。

「赤外線とかついてるから。暗闇でも少しの光で行動できるよ」

「暗闇って……」

ねねねは不慣れな手でそれをいじくりまわした。その拍子《ひょうし》にライトが点灯し、思わず取り落としそうになった。


一時間後。シェルパたちは、運び込んだパーツでカートを完成させていた。カートといっても、シャールクがホテルで乗り回していたのよりもずっと本格的で、優に四人は乗れそうなマシーンだ。運転席も後部座席も、頑丈《がんじょう》そうなバーがカバーしてある。乗用車と違い、剝《む》き出《だ》しのボディーが荒っぽいが、オフロードは十分に走れるシロモノである。

「オーダーメイドで作らせたんだ。名付けてシャールク三世号！」

ちなみに一号は乳母車、二号は自転車だそうだ。

「こんなもん、わざわざ運ばせてたのか……」

呆《あき》れる、というよりもう感心する。ここに来たのも、シェルパたちの無駄《むだ》のない働きから察するに、一度や二度ではないのだろう。

「……シャールク。これで行くの？」

「その通りだよ」

ウェンディの問いに、シャールクは得意げに頷《うなず》いた。

「どこを？」

「あれだよ」

予測はできていたが、シャールクは峡谷《きょうこく》の先にある、巨大な洞穴《ほらあな》を指さした。山脈の地下に通じているだろう穴だ。もちろん光は無く、中がどうなっているのかもわからない。

「……あの先、どうなってるの？」

「ヒマラヤの下をくぐり抜け、チベットに出る」

「マジかよ！」

ねねねは思わず大声を上げた。山脈の下を走る大トンネル。いつの時代の冒険小説だ。

「本当だよ。……国家機密だけど」

「だったら、捕まっちゃうんじゃない？」

ウェンディが不安な顔になる。どちらの国にしろ、今身柄《みがら》を拘束《こうそく》されるのはまずい。

「大丈夫《だいじょうぶ》だって。……中は迷路みたいに入り組んでるし、この闇鍋《やみなべ》レースで僕の腕に追いつくパトロールはいないよ」

「……あんた、その迷路で迷わないって約束できる?」

ねねねが、真面目《まじめ》な目線でシャールクを睨《にら》む。

「もちろん。チベット側に出るのなんて、マリオカートよりずっと簡単だ」

ねねねは、この短い旅路の中で、それなりにシャールクのことを理解していた。こいつはバカだ。バカだけれど、愛せるタイプのバカだ。そしてなにより、嘘《うそ》をつかない。

「……わかった。連れてってもらうわ」

シャールクは嬉《うれ》しそうに笑い、ウェンディは安堵《あんど》の息をついた。


シャールク三世号は、峡谷《きょうこく》にけたたましいエンジンの音を響かせた。それだけで環境保護団体が文句を言ってきそうだ。

シェルパたちは離れて、耳を塞《ふさ》いでいる。その表情が自分たちよりずっと不安そうなのが、なにか気になるねねねであった。

「ガールズ、アーユーオーケー!?」

「ええっ!」

「かまわん、行けっ!」

ウェンディとねねねは、エンジン音に負けじと大声をはりあげる。シャールクが指先でゴーグルの横のスイッチを指した。触れると、耳の部分から彼の声が聞こえた。

「会話はこれで聞こえるよ」

「早く言えよ！」

骨伝導で声を伝える、最新式だった。

それにしても、シャールクという男は底知れない。思えば、読子という女に会ってからは、ねねねの人生は波瀾万丈《はらんばんじよう》だ。まさかヒマラヤの地下をインドの大富豪と走破することになるとは、誰が予想しただろうか。のりや晴美に話したら、果たして信じてもらえるだろうか。

「……あ。インドから絵ハガキ、出せばよかっ……たっ！」

ねねねの独《ひと》り言《ごと》が終わる前に、シャールク三世号は急発進した。視界の隅っこで、シェルパたちが同情の顔を並べているのが見えた。

「……んごっ！」

ねねねは、とても著者近影の写真には使えない表情で、トンネルの中に突進していった。

外から見たのと同様に、トンネルの中は暗かった。

暗い、というより完全な闇だ。当然である、この上には世界で最高峰《さいこうほう》の山脈が乗っかっているのだから。太陽光など入る余地はない。

「イァーッ、ハーッ！」

シャールクが、米国文化に毒された雄叫《おたけ》びをあげる。彼はスイッチを入れ、バンパーのライトを点けた。ゴーグルの光増幅器が作動し、トンネル内の光景が浮かび上がる。

それはごつごつとした岩肌だった。

トンネルなどと呼んだら、詐称《さしょう》の罪に問われるだろう。これはただの荒れ地だ。人が通らないのだから当たり前だが、道らしき平地もない。ねねねとウェンディは早くも、後部座席で上へ下へと揺さぶられる。ハーネスを着けていて、この始末だ。

「！　ちょっとっ、……おいっ！」

「喋《しゃべ》ると舌噛《か》むよっ！」

ねねねの抗議は、シャールクに届く前に地面に転がっていった。

「……とにかく、しがみついてましょう、ねっ！」

ウェンディがねねねと腕を組む。もう片方の腕はしっかりと、バーを握っている。

「それがいいよっ！　すぐに平らな場所に出るから！」

「すぐって、いつだっ⁉」

「一時間ぐらい、後！」

つまりはそれまで、この〝洗濯機《せんたくき》の中の靴下《くつした》〟気分を味わうのか。ねねねは少しだけ、弱音を吐きそうになった。

……いや、吐くのが弱音ならまだマシだ。

ジョーカーは、顔の右半面に圧力を感じていた。

「…………………………」

その正体は、じっと彼を睨《にら》んでくるマリアンヌの視線である。会見の延期、女王による核兵器使用の認可の一件から、彼女はジョーカーを睨みっぱなしなのだ。

「……マリアンヌ。言いたいことがあるなら」

「聞いてくれるの?」

「いいえ。時間が無いので。書面にして提出してください。後日、検討させていただき、回答いたしますから」

マリアンヌは、自席のパネルを強く叩いた。

「ジョーカー! あなたは、自分がなにをしようとしてるか、わかってるの? 戦争でもない時に他国に核攻撃なんて、前代未聞《ぜんだいみもん》よ! はっきり言って愚行《ぐこう》だわ!」

「戦争時ならいいんですか?」

「いいわけないでしょ!」

彼女の剣幕《けんまく》に、他のスタッフは驚いている……ことはない。皆、聞こえないフリをして自分の作業を進めている。

「マリアンヌ。あなたは女王陛下《へいか》の決断を、愚行とおっしゃった。……残念ながら、看過《かんか》するわけにはいきませんね」

　合図をする必要もなく、モーリスが登場した。水のように自然な動きでマリアンヌの背後に周り、その腕を捻《ねじ》り上げる。

「!?　誰よ、あんたっ!?」

「陛下お仕えのモーリス君です。今回の任務は勅命《ちょくめい》になりましたので、監視《かんし》にいらっしゃったのですよ」

「よろしく、お願いします」

　丁寧《ていねい》な口調と裏腹に、モーリスはぎりぎりとマリアンヌの手首を締め付けた。苦痛に顔を歪《ゆが》める彼女の耳元に、小声で囁《ささや》く。

「……別室で、お話しませんか？　幾つかお伺《うかが》いしたいことがありますので……」

「どうぞ、お願いします」

　許可を出したのは、マリアンヌではなくジョーカーだった。モーリスは、強引に彼女を引っ張り、歩かせる。

「！　ジョーカー！　誰の命令だろうとね、人間のいる場所で核を使うなんて許されないことよ！　あなたは歴史の汚点《おてん》になるわ！」

「マリアンヌ。あなたも見たし、知っているはずだ」

　ジョーカーは、書類から彼女に視線を移す。

「あそこにいるのは、人間じゃありませんよ。……バケモノです」

マリアンヌは、司令室から出ていった。作戦が終わるまでに、戻ってこれるだろうか？　戻ってきたとして、自分の仕事ができるだろうか？　念のために、渉外《しょうがい》の代行を決めておかなければ。

「…………………お茶……」

喉《のど》が渇き、誰にともなくそうつぶやいて、ウェンディが欠勤していることを思い出す。いい加減、彼女の不在を覚えなければ、と自分を戒《いまし》める。

それにしても。

ウェンディ・イアハートは欠勤。マリアンヌは連行された。ジギーは非番を取っているし、ドレイクと読子は中国に置き去りだ。

……そしてドニー・ナカジマは、とうの昔にこの世を去った。

いつのまにか、ジョーカーは一人になっている。部下は山のように増え、動かせる人員も激増したが、かつていた仲間たちはもう、誰もいない。

「………………」

ジョーカーは、それ以上考えるのを止めた。今は自分の計画を推し進めることが第一だ。

「確認します。上海《シャンハイ》沖のヴィクトリアスには、ＳＬＢＭが搭載《とうさい》されているのですね？」

「一基だけですが……。発射は可能です」

戦術試験部からの出張スタッフが、やや怯《おび》えた顔で返答してきた。先ほどのマリアンヌとのやり取りを見たせいだろう。

「結構」

ドレイクたちを運んだ原潜が、こんな形で役立つとは。ジョーカーは意志を固めた。運は自分にある。正義はわからないが、運だけは確実にある。


人間が、智恵に目覚めたのは。

世界で最も、弱い生き物だからだ。圧倒的な力の差を埋めるべく、人は智恵と知識を武器にした。そして、生存競争を生き抜いてきたのだ。

「！　くそっ！」

しかし今、五人の姉妹にとってその智恵は、なんの役にも立たなかった。ジェントルメンが〝進化〟させた動物たちは、牙や爪、そして多大な筋肉で彼女たちに攻撃してきた。

「……なめるな！」

飛びかかってきた虎の口に、静が長い文鎮《ぶんちん》を押し込んだ。先端は首を突き破り、体外へと露出される。虎の、強引に発達させられた牙はしかし、静の腕を裂《さ》いた。

「！」

「静！」

身を翻《ひるがえ》し、虎の背中に乗った帆は、棍をその牙に引っかけて引き剝《は》がす。絶命していた虎はどう、と地面に倒れ伏した。

「ケガは⁉」

「平気だ」

静は気丈に、裂《さ》いた服を傷に巻き付けた。


四方八方から、蟻《あり》が押し寄せる。蟻といっても、大きさは犬と変わらない。じくじくと蟻酸《ぎさん》を垂らしながら、薇に向かってくる。

「……蟻は蟻らしく、巣に戻るね！」

薇の振り回す鉄球が、その頭部をちぎり取った。

しかし昆虫の恐ろしさは、恐怖心を始めとする感情の欠落である。彼らはただ本能のままに行動する、殺戮《さつりく》兵器なのだ。

「っ！」

踏み込もうとした薇が足を引いた。溜まった蟻酸で靴《くつ》を溶かしかけたのだ。その隙《すき》を見て、背後から別の蟻がのしかかってきた。

「⁉」

薇が振り向くより速く、その蟻に串《くし》が刺さった。

「琳!?」

はたして串型の文鎮を放ったのは、琳だった。そして妹からの援護は、それだけではなかった。

「でぇ――――、りゃーあああ――っ!」

勇ましくも、どこか愛嬌《あいきょう》の残るかけ声で、茜が円形の文鎮を投げる。それは円盤のように回転して、薇を包囲していた蟻たちをなぎ倒した。

「……う――わぁぁっ!」

戻ってきた文鎮の迫力に、思わず茜が身をかがめる。主に裏切られた文鎮は、そのまま地面に突き刺さった。

「……茜」

「あ。……薇ちゃん、ケガはない?」

しゃがんだまま、茜は取り繕《つくろ》うように、にへら、としか表現できない笑い顔を作る。薇はやれやれ、と肩をすくめて妹に答える。

「おかげで、ないけどー。なんかお礼を言うのは複雑ねー」

その背後で、琳が蟻から串を抜いている。

「なら、モノで示してくれれば結構です。私はゴディバのチョコセットで十分ですから」

チョコ、と聞いて未練が生まれたか、蟻の頭部がだらり、と蟻酸をコボした。

「助けに、行かないの?」

そんな五人姉妹の戦いぶりを、チャイナは中央の岩に腰掛けたまま見ている。その横には、同じように王炎が立っている。

「私の役目は、あなたの護衛です。……それに、静さんにおまかせしましたから」

チャイナは白けたように、鼻を掻《か》いた。

「……ホントに、かたっ苦しいったら。王炎ちゃん、もうちょっと人生を楽しんでも、バチは当たらないわよ?」

「楽しいことなど、必要ありません」

王炎は、ジェントルメンの姿を見つめている。彼は、五鎮姉妹とバケモノたちの戦いを挟んで、動かない。様子を見ているらしい。

「おばあちゃんは? お助けにならないのですか?」

「あたしが行ったら、それこそあのバカも入ってくるでしょ。今はまだ、よ」

チャイナは、娘のお遊戯《ゆうぎ》を見る親のように、姉妹たちを眺めている。

「あのコたちが、あんなインチキ動物ランドに負けるもんですか。せいぜい、読仙社の仲間たちの仇《かたき》を取ってもらいましょ」

小一時間も過ぎたろうか、四分の一ほどに減ったバケモノたちは、ついに退却を始めた。四方八方に、蜘蛛《くも》の子を散らすように逃げていく。理由が無いだけに、逃げ足も極めて早い。

「…………っ、……っ……！」

「どーしたぁっ……。もう終わりかぁっ！」

静も帆も、そして妹たちも疲労しきっていた。今までの鍛錬に、チームワーク。敵には持ち得ないそれが、勝利に繋《つな》がった。しかしこの勝利の余韻《よいん》は、あまりにも短い。

「ほほう。……あの連中とは、少し違うな」

ジェントルメンが感心したように漏《も》らす。あの連中、とは言うまでもなく読仙社のスタッフだ。そのことに気づいて、姉妹たちに怒りが満ちる。

「見たところ、能力ではないな。鍛錬の成果か。……東洋人は本当に、修練が好きだな」

姉妹たちに話しかけているのではない。ただの独《ひと》り言《ごと》だ。散歩者が風景を喩《たと》えるようにつぶやき、悠然《ゆうぜん》と歩み寄ってくる。闘志じみたものは微塵《みじん》もない。

「……………………！」

いち早く、静が文鎮を構え直す。

「静！」

帆が止める前に、彼女はもう、走り出していた。

「帰れ！　おまえたちのいた土地へ帰れ！　ここは、私たちの国だ！」

跳躍し、ジェントルメン目がけて文鎮を振り下ろす。渾身《こんしん》の力をこめて。獣《けもの》の背骨をもへし折る、その武器でジェントルメンを襲う。

「美しいな。だが、愚《おろ》か者だ」

ジェントルメンは、無造作《むぞうさ》にその一撃を腕で受ける。静の文鎮《ぶんちん》は、当たった瞬間に完全に停止した。そこから、彼の腕を一ミリも下げることはできなかった。

「生まれ、変われ」

「！」

まだ宙にいるままの静に、ジェントルメンの拳《こぶし》が伸びる。静の顔から血の気《け》が引いた。隕石《いんせき》が目前に迫っても、これほどの恐怖は覚えまい。

その身体を間一髪《かんいっぱつ》、救ったのは帆の棍《こん》だ。それは後方から、横へ静の身体《からだ》をなぎ倒すように払った。

「げふっ！」

もちろん彼女もダメージを受ける。だが、あの拳に囚われるよりは遙《はる》かにマシだった。

「ふん？」

攻撃を予測していなかったジェントルメンは、そのまま棍を引っ張った。

「!?」

帆の長所が発揮された。それは、バカであることだ。彼女は考える前に、棍を手放した。摑《つか》んでいたままなら、たちどころにジェントルメンに引き寄せられていたことだろう。

静が地面に転がる。どうにか受け身は取った。琳と茜がその前に立ち、串と円盤を構えてガードする。

「ザコなりに、楽しめるか」

ジェントルメンは、静の棒と帆の棍を握り、ねじり上げる。

「!?」

二人のアイデンティティーである文鎮は、ジェントルメンの手の中で、飴《あめ》のようにからまり、潰されていった。

「………………………」

得物を失った帆を、薇が庇って立つ。ジェントルメンは、二人の文鎮を放り棄《す》て、姉妹たちを見渡した。

「仲のよいことだな。……ならば五人、一つに混ぜあわせてやろうか」

ジェントルメンは、言葉どおりのことを実行するつもりだ。静が、自分を庇《かば》う二人の妹に、苦しい息で告げる。

「琳……茜……どけ。……引いて、おばあちゃんを守れ」

「……静ちゃんはどうしますか?」

「……私が、時間を稼《かせ》ぐ。あいつの注意を、引きつけて……」

「ダメだよ、そんなの」

茜が、きっぱりとその言葉を拒絶した。

「静ちゃんは、幸せにならないといけないんだから」

初めて。初めてこの頼りなかった末妹の背が、大きく見えた。

「…………………」

静の顔に浮かんでいた感激が、すぐに困惑に変わった。ジェントルメンが、大きく息を吸い込んだからだ。彼の胸は、ゴムのように膨《ふく》らんでいた。

「ふんっ！」

一気に、鼻から噴出する。風圧で周囲に砂埃《すなぼこり》が立ち、一同の視界が遮《さえぎ》られた。

「!?」

目を閉じたら、やられる。しかし容赦《ようしゃ》のない砂埃は、彼女たちの目を刺激する。ほんの一瞬、瞬きをした間に。

茜の前に、ジェントルメンが出現していた。

「茜！」

よろけながらも、静が立ち上がる。反射的に静は、円盤をジェントルメンに叩きつけた。ぴたり。静の文鎮と同様に、円盤が停止する。ジェントルメンは、親指と人差し指の二本だけで、円盤をつまんでいた。ただそれだけで、茜は動けない。

それがコインであるかのように、ジェントルメンが円盤を裏返す。当然、茜の身体《からだ》も宙を回転し、そのまま地面に落ちた。

ジェントルメンは茜を踏みつけようと、巨大な足を上げた。

「！」

ようやく消えた砂埃の向こうから、姉たちが自分を見ている。状況を把握《はあく》して、どの顔も青ざめた。

茜は感謝した。最初に倒れるのが自分であることに。姉たちを失う哀しみを味わわなくてすむからだ。やはり自分は甘えん坊の末っ子だ、と実感する。

その視界が、ジェントルメンの足の裏で覆《おお》われようとした時。

「っ！」

一人の女が現れた。

それは、ジェントルメンの懐に入り込み、強い肘打《ひじう》ちをくらわせて、その身体を吹っ飛ばした。

「ぬっ⁉」

ジェントルメンが、無様によろけて後ずさる。

「ハイそれまでよ。……ウチのコたちに、触らないでもらいましょうか」

女は、八頭身の美女だった。外観は二〇代後半ほどだろうか、髪の色は銀。セパレートの、やけに破れ気味の人民服を着込んでいる。

「……え？」

茜は一瞬前までの緊迫も忘れて、その姿に見入る。ジェントルメンは体勢をたてなおし、女に向き直る。

「……やっと、本性を見せたか」

「まあ、久しぶりだからサービスよ」

「……………おばあちゃん!?」

茜の叫びに、美人に変身を遂《と》げたチャイナがウインクする。

「……レディ・チャイナって呼んで♪」

帆も琳も、薇もあんぐりと口を開けている。いや、チャイナが外観を偽《いつわ》っているのは知っていたが、更なる変身が可能だとは。しかも幼女から美女へ。まるで日本名物の魔法少女ではないか。

妹たちに負けず劣らず驚いている静を、王炎が支える。

「王炎さん……」

「言ったはずです。……容赦《ようしゃ》なく助ける、と」

近づいた身体から伝わる温もりが、静にとってはなによりの薬だ。だが、王炎は険しい顔でチャイナを見つめる。

「おばあちゃん……。この期《ご》に及んで姿を変えるとは、本当にこの場で決着をつける気です。……なんとか、止めなければ……」

格闘になれば、王炎の本にジェントルメンだけを封じるのが難しくなる。しかし確かに、ジェントルメンの相手を務められるのはチャイナしかいない。王炎は思考をめぐらせる。幽閉《ゆうへい》しているファウストは、どう使えば最も効果的なのか。

ついに至近距離でまみえたジェントルメンとチャイナは、互いの姿を見つめ合う。

「……ふざけた格好だな」

「お互い様でしょ。年甲斐《としがい》もないったら。あんたは昔から、悪趣味だったのよ」

「悪か、そうでないかはわしが決める。それが統治というものだ」

ふん、とチャイナが鼻を鳴らした。

「外面だけじゃなく、中身も進歩がないのね。そういうのって、もう時代遅れなのよ。あんた、ずーっと英国にヒキコモってたから、流行《はや》りとかについてけないの」

ジェントルメンの眉《まゆ》が、ぴくりと動く。

「……この地でおまえと別れたのは……その、騒々しい口が不愉快だったからだ」

「なにそれ。女々《めめ》しい」

がつん。両者の肉体が、ぶつかった。互いに一気に、間合いを詰めたのだ。

かくして、悠久《ゆうきゅう》の時を経た痴話喧嘩《ちわげんか》が始まった。

シャールクの運転するカートが、どうにか平地にたどり着いた頃。

「うぇぇぇ〰〰〰……」

「あひぃぃ〰〰〰〰〰……」

ねねねとウェンディは、すっかり疲れきっていた。車体から振り落とされないように、全身でふんばり続けていたのだから無理もない。シャールクだけが、一人気を吐いている。

「オーケー、ガールズ！　ＳＡだ！」

「サービスエリァ〰〰？」

東名高速かよ。うどんでも売ってるのかよ。ツッコミを口にするだけの気力が、ねねねには残っていない。

「地面が平たいのって、素晴らしいわ……」

ウェンディも、天動説主義者のようなことをつぶやいている。

「上を見てごらん。……どうしてここが、公表されないのかわかるから」

「はぁ？」

シャールクの言葉に従って、ねねねは顔を上げた。

いつのまにかそこには、広い空間があった。トンネルの中でも、より大きな空洞部分に達したらしい。

「ひろっ…………⁉」

眺め回しているうちに、ゴーグル越しの視界が、とんでもないものを発見する。それは、巨大な人間だった。

「なんじゃありゃぁぁっ⁉」

岩肌から抜け出すように、半身が空間に覗《のぞ》いている。身の丈《たけ》は実に数十メートルはあるだろう。明らかに生物のスケールを超えている。

「……彫刻……？」

ウェンディが、ある程度冷静に推察する。

「確かに。そう考えるのが無難だろう。だけどウェンディ、周りを見てみなよ」

そう言われて、他の岩肌を見ると。ナスカの地上絵、イースター島の巨石像、ドラゴン、麒《き》麟《りん》、イエティ、ツチノコ……。洋の東西を問わず、謎《なぞ》とされた建造物や動物、空想上の産物だったものまでが、壁から抜け出そうとしているのだ。

「……秘宝館かよ……」

「そう、まさにそうだ。ここは人類史の裏面に登場する者たちが集《つど》う、秘められた宝物庫なんだよ！」

ねねねのつぶやきをウェンディに通訳され、シャールクが曲解する。

「あれが彫刻だとして、じゃあ誰が彫った？　なんのために？　人類にはそんなこと、不可能だ。つまり理由は一つ。彼らはかつて〝いて〟、ここに〝来た〟んだ。逃げ込んだのかもしれない、誰かに追いやられたのかもしれない。いずれにせよ、強大な力を相手にしたに違いないけどね！　これこそ、未知の存在が僕たちの歴史に触れてる証拠だよ！」

シャールクは興奮して、スピードを上げる。

「……どう思う？」

「わかりませんが……大発見であることに違いはありません。大英《だいえい》博物館の人が見たら、驚くだろうな……」

確かに、自分たちの頭上に実物がある、それだけは事実だ。シャールクの言うところの宇宙人ではないだろうが、世界史には現れない存在が、歴史に干渉《かんしよう》している可能性はあるのかもしれない。そうでなければ、これほど大がかりなものは造れないだろう。

「…………ねねねさん……」

ウェンディが、ねねねの肩を叩いた。

「あれ……」

彼女の指さす先に、視線を向ける。その岩肌にはやはり、巨大な人物像がある。しかしそれには、他の像と異なる点があった。よく見ると顔の部分、目の周りに立体的な飾りがついているのだ。ねねねは目を見開いた。

「メガネ…………!?」

そしてその手には、薄い直方体が握られている。

「本…………!?」

ねねねに続いて、ウェンディも驚きを隠せない。さらにその像の周りには、取り囲むように模様が刻まれている。それはあたかもその像が、紙を放っているかのような光景だった。

「…………紙使い……」

二人は声を揃《そろ》えて、同じ女の姿を思い出していた。


不機嫌そうな顔をして、ジギーは受話器を取った。

「わしじゃ」

『ドレイクだ。……状況は?』

ジギーは開発部を見回した。もぬけのカラだ。

「特殊工作部は、全力をジョーカーの筆頭作戦に注いでおる。他は開店休業じゃな」

休暇を返上し、ジギーは特殊工作部に戻ってきた。ドレイクとの通信後、より詳しく読子の状況を知りたいと思ったのだ。

『この回線は、大丈夫《だいじょうぶ》なのか?』

「特殊工作部の独立回線じゃ。かつて査察《ささつ》が使用しておったからな。今は書面にもデータにも残ってない。盗聴の心配はない。……いつまで保つかはわからんが」

ジギーは、特殊工作部の中でも最も古参のメンバーである。そして必要以上のことは、決して喋《しゃべ》らない。ジョーカーすら知らないことも、彼なら知っている。ドレイクが接触した理由の一つが、それだった。

上海《シャンハイ》から南京《ナンキン》へ。

ホテルを移動したドレイク一行は、情報屋に接触しながら情報を集めている。こんな時、先行捜査を進めていたナンシーの存在は有り難い。

ドレイクは、ホテルのロビーの公衆電話から、特殊工作部のジギーに訊《たず》ねている。

「読子の位置はわかったか?」

『数時間前に、監視衛星が紙飛行機を捉えた。四安《スーアン》の奥地から、南西に向かっておる』

どうやら無事か。後でナンシーにも教えてやろう。

「目的地は推察できるか?」

『可能性が一番高いのは、崑崙《コンロン》じゃ。ジェントルメンもそこに先行しておる』

それを探るのに、何時間もかかったという。おそらくすぐに、ジギーの動向もジョーカーに知れることだろう。彼にしても、あまり余裕《よゆう》はないのだ。

『崑崙のポイントOには、読仙社の残存部隊が留まっておる。おそらくそこが、決戦の地じゃな』

「……あいつ、それを止めるつもりだな。さっさと退却……が、できない女だからな」

しかしそれが、彼女のためにドレイクやナンシーが動く理由にもなっているのだ。

「……まあ、紙を使っているなら、勝算はある。俺たちはサポートにまわる」

『……………………』

地球の裏側で、ジギーが黙った。

「……ジギー？」

重々しく、ジギーが息をつく。

『……ドレイク。おまえは外部の人間じゃ。だからこそ教えておこう。……読子は、まだ紙使いとしての本領を発揮していない』

唐突《とうとつ》なジギーの言葉に、ドレイクは薄い眉をしかめる。

「なんだ？」

『……読子は、かつて受けた精神的ショックから、まだ立ち直っていない。……誰も信じていない。今でもドニーの幻影に憑《つ》かれておる。あの女が他の皆に敬語しか使わんのは、その証《あかし》よ』

ジギーの声には、後悔《こうかい》の味がある。受話器ごしでもそれは、十分にわかる。

『……一時的に立ち直ったように見えるのは、まさに表面だけじゃ。読子は本を盾《たて》に、自分で自分をも欺《あざむ》いている』

「……じゃあなんで、紙が使えるんだ？　本が好きだから、あいつは紙使いになったんじゃないのか？」

『それだけ、資質が大きかったのじゃ。わしはその発芽《はつが》から見ておる。……だが読子は、最後の審判をまだ下しておらぬ。愛憎はまさに紙一重。どちらに転ぶかは、まだわからぬ』

しばしの沈黙の後、ジギーが漏《も》らす。

『……あの娘を、救ってやってくれ……』

ドレイクは、返答できずにただ、受話器を見つめた。

あの読子が。本を、紙を憎むことなどあるのだろうか。

そしてあの読子が、誰にも心を開いていない、というのは真実なのだろうか。

ドレイクは、ひどく当惑していた。

読子は、空を飛んでいる。

自らが作り上げた紙飛行機で、飛んでいる。見る前に飛べ、とはよくいったものだ。

そうだ。自分が悩んでいる時、必ず本が助けてくれた。

本の中には、すべてがある。本は人が作り上げた宇宙だ。

本があるからこそ、生きていける。

この世から本が消えたら、それこそ生きていけない。

自分の人生は〝読むか死ぬか《リード・オア・ダイ》〟、二つに一つなのだ。
遥《はる》か下方で、森が途切れる。
そこには、大きなクレーターがあった。
「…………いた！」
ジェントルメン、そして王炎たちの姿が見える。
読子は、彼ら目がけて紙飛行機を降下させた。

転章

こんな時、きっとみんなタバコを吸うんだろうな。

しかし、本にとってタバコは大敵だ。紙には匂《にお》いがつきやすいし、火事の危険度も増す。なによりタバコ代は書籍代を圧迫する。だからドニーは、この歳《とし》までタバコを吸う習慣をつけなかったのだ。

そんな思考に頭が及んでいるのは、今、彼が激しく当惑しているからだった。

特殊工作部での謹慎《きんしん》生活が終わり、半年ぶりに帰ったベイカー街のアパートメント。

ベッドでは、読子《よみこ》が寝ている。全裸《ぜんら》だ。

いや、メガネだけは着けている。

すうすうと、小さな寝息を立てている。

「…………」

その寝顔があまりに幼くて、ドニーは思わず自分の頭に手をやった。彼女は未成年だぞ。なんてことをしたんだ。

拒《こば》むべきだったし、止めるべきだった。なのに、自分は受け入れてしまった。求めてしまったのかもしれない。

二人は、本の上巻と下巻のように、自然に一つの物語になった。お互いに、処女作だった。

窓の外は、もうすっかり暗くなっている。一体何時間、自分たちはこの部屋にいたのだろう。本の話をしているだけで、時間を忘れてしまった。

本好きが、好きな本について語り合う。

それは何度経験しても至福の時間だ。それが運命の相手だとしたら、なおさらだ。

読子はこの埃《ほこり》だらけの、散らかった部屋が女王の宮殿であるかのように、楽しそうに舞った。背表紙に書かれた書名を、詩のように口ずさんだ。

二人ははしゃいだ。図書館のような公的な場所ではできないほど、大声で。

そして、運命の瞬間を迎え入れた。


「……………………………………」


ドニーは指で、メガネの位置を修正した。

昼間、ジョーカーに言われたことが頭に残っていた。

読子を、紙使いとして育てる。

もちろん、このことはそれに関係ない。これは純粋に、二人の問題だ。

しかし。

既に読子は、彼の中で大きくなりすぎている。危険に巻き込みたくはないが、離れることも考えられない。

じぶんはきっと、本よりも読子のことを愛している。

……ならば、彼女にこの身を捧げよう。そう、意志が固まりつつある。その先に、どんなものが待ち受けていても。

自分がデッドエンドでも、彼女にとってハッピーエンドなら構わない。

そう覚悟を決めると、心が穏やかになった。

「…………ん……」

読子が薄く目を開けた。

「…………ドニー…………」

「……ああ」

メガネの下で、子供っぽい目がゆっくりと瞬きをする。

「……夢を見てたわ……」

「どんな夢だい？」

「……あなたの夢。……もう少し、続きを見ていい？」

「……ああ」

「ありがとう。……少しだけ、少しだけだから……」

読子は再び瞼《まぶた》を閉じた。すぐに、また寝息を立て始める。

ドニーは、彼女のメガネに指を触れた。

外そうかと思ったが、止めた。

（つづく）

あとがき

ナンダカとても疲れました。

私がコレホド疲れているというコトは、羽音サンや長井サンや丸宝編集長や印刷所の皆様は、いったいドレホド疲れ切っているのでしょうか。

一年半経ってもヤハリ、皆々様に迷惑をカケッパナしの私です。本当にすみませんでした。

なんと言いますか、実に二年ぶりの本編復帰。いや決してサボっていたワケではないのですが。ていうか二〇〇五年は私、本当に馬車馬《ばしやうま》のように働き、座敷豚《ざしきぶた》のように椅子《いす》に座り、ハゲタカのようにDVDを買いあさっているだけで時は過ぎ去ってしまいましたよ。ローレンともすっかり縁が無くなりましたよ！　やっぱ女は印刷物かjpgかMPEG—2に限るよネ！

そんなこんなで前巻までを通読してみると、我ながらの風呂敷《ふろしき》広げっパナし行為になかなかビックリ。いい度胸してるなあの頃の俺！　おまえのその若さが馬やらしいぜ！　でわなくてうらやましいぜ！　とか思いながら続きを考えてたら、あっという間に年末年始が飛んでっちゃいました。

これはもう焼き払うしかないかなぁ、と思うほど散らかった部屋の中でうーんうーんもう食べられないよと悩む日々実に一ヶ月。なんだか一向に、〝読子《よみこ》さん〟が帰ってきてくれません。

「ふんだ、どうせ私よりアニメの脚本のほうが好きなんでしょ！」とか言って家出してしまったのでしょうか。いいや、あの女にそんな属性は無いハズです。

「どこだ！　どこだ！　メガネはどこだ！」と散らかった部屋をさらにひっくり返して困り果てる私。でもその間でもキチンとＤＶＤは買ってました。死ねばいいのに。

読子不在でも〆切は迫ります。そして過ぎていきます。覚悟を決めるしかない、とモニターに向かう私。一行書くのに一五分もかかったり。あれ、なんでこの伏線《ふくせん》張ったんだっけと前の巻を読み返して、みたいなコトを繰り返し繰り返し。『キング・コング』や『逆境ナイン』というドラッグを打ちつつ、心のリハビリは続くのでした。

そんな絶体絶命私に光明が射しました。

「読子は帰ってくるものではない。生まれてくるものなのだ」と紙様の啓示が。

「本への欲望を燃料に、何度も何度も生まれ変わらせるのだ！」とかナントカ。

「あと、どう風呂敷を畳《たた》もうかなんて悩むな！　むしろそこからさらに広げてみせろ！」なんてことも。

いやまあ、全部深夜の私の妄想《もうそう》なんですが。

しかしそう考えると楽しくなってくるですよ。今一度思い出してみよう、なんでコンナ妙なヒロインを思いついたのかを。なんでこういう話を作っているのかを。なんで〆切が守れないのかを。これは本当にわからんな。

物語のほうは次巻で完結ですので、そこらの結論はその時に。

とまあ、そんな紆余曲折《うよきょくせつ》を経て書きました、十一巻です。よろしく。

*作中における『ピクニック』の歌詞は、萩原英一氏のご親族から使用の許可をいただきました。突然のお願いにも関わらず、「いいお話を書いてください」と使用を快諾《かいだく》していただいたことに、心からお礼を申し上げます。本当にありがとうございました。


久しぶりでもやっぱりアトガキが苦手な　倉田英之

R.O.D.　第十一巻

READ OR DIE　YOMIKO READMAN "THE PAPER"

倉田英之
スタジオオルフェ

集英社スーパーダッシュ文庫

2006年 2 月28日　第 1 刷発行
2016年 8 月28日　第 2 刷発行

★定価はカバーに表示してあります

発行者　鈴木晴彦
発行所　株式会社　集英社
〒101-8050　東京都千代田区一ツ橋 2-5-10
03(3239)5263(編集)
03(3230)6393(販売)・03(3230)6080(読者係)
印刷所　株式会社美松堂／中央精版印刷株式会社

ISBN978-4-08-630280-2 C0193

第一巻

大英図書館の特殊工作員・読子は本を愛する愛書狂。作家ねねねの危機を救う！

第二巻

影の支配者ジェントルメンはなぜか読子に否定的。世界最大の書店で事件が勃発！

第三巻

読子、ねねね、大英図書館の新人司書ウェンディ。一冊の本をめぐるオムニバス。

第四巻

ジェントルメンから読子へ指令が。“グーテンベルク・ペーパー”争奪戦開幕！

第五巻

中国・読仙社に英国女王が誘拐された。交換条件はグーテンベルク・ペーパー⁉

第六巻

グーテンベルク・ペーパーが読仙社の手に。劣勢の読子らは中国へと乗り込む！

第七巻

ファン必読。読子のプライベートな姿を記した『紙福の日々』ほか外伝短編集！

第八巻

読仙社に囚われた読子の前に頭首「おばあちゃん」と親衛隊・五鎮姉妹が登場！

第九巻

読仙社に向け、ジェントルメンの反撃開始。一方読子は両者の和解を目指すが…。

第十巻

今回読子に届いた任務は超文系女子高への潜入。読子が女子高生に⁉興奮の外伝！

第十一巻

“約束の地”でついにジェントルメンとチャイナが再会。そこに現れたのは……⁉

第十二巻

ジェントルメンとチャイナの死闘が続く約束の地に、読子が到着。東西紙対決は最高潮に！

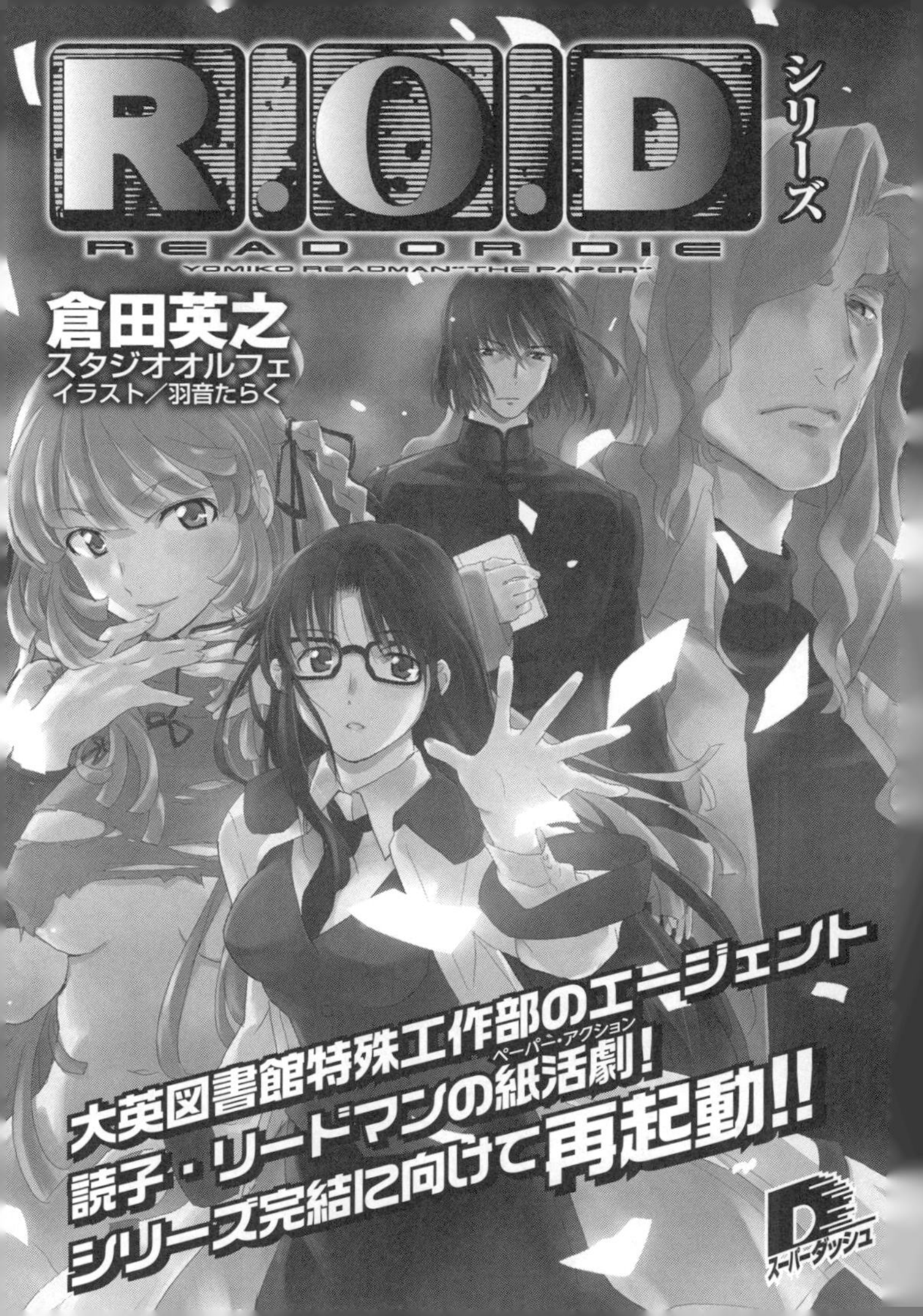
R.O.D
シリーズ
READ OR DIE
YOMIKO READMAN "THE PAPER"
倉田英之
スタジオオルフェ
イラスト／羽音たらく
大英図書館特殊工作部のエージェント
読子・リードマンの紙活劇《ペーパー・アクション》！
シリーズ完結に向けて再起動!!
スーパーダッシュ

クロニクル・レギオン5
騒乱の皇都
丈月 城
イラスト／BUNBUN

文句の付けようがないラブコメ
鈴木大輔
イラスト／肋兵器

文句の付けようがないラブコメ2
鈴木大輔
イラスト／肋兵器

文句の付けようがないラブコメ3
鈴木大輔
イラスト／肋兵器

皇女・照姫と災厄の英雄・平将門が束ねる、〝零式〟というレギオン。苦戦を強いられる新東海道軍だが、征継が新たなる力を解放し!?

〝千年生きる神〟神鳴沢《かなるさわ》セカイは幼い見た目の尊大な美少女。出会い頭に桐島《きりしま》ユウキが言い放った求婚宣言から2人の愛の喜劇《ラブコメ》が始まる。

神鳴沢セカイは死んだ。改変された世界で、ユウキはふたたび世界《セカイ》と歪《いびつ》な愛の喜劇《ラブコメ》を繰り返す。諦めない限り、何度でも、何度でも――。

今度こそ続くと思われた愛の喜劇《ラブコメ》にも、決断の刻がやってきた。愛の逃避行を選択した優樹と世界の運命は…？ 学園編、後篇開幕。

ダッシュエックス文庫

異世界Cマート繁盛記

新木 伸
イラスト／あるや

異世界でCマートという店を開いた俺。エルフを従業員として雇い、いざ商売を始めると現代世界にありふれている物が大ヒットして!?

異世界Cマート繁盛記2

新木 伸
イラスト／あるや

変Tシャツはバカ売れ、付箋メモも大好評で人気上々な『Cマート』。そんな中、ワケあり少女が店内に段ボールハウスを設置して!?

異世界Cマート繁盛記3

新木 伸
イラスト／あるや

異世界Cマートでヒット商品を連発している店主は、謎のJC・ジルちゃんをバイトとして雇う。さらに、美津希《みつき》がエルフとご対面!?

クズと金貨のクオリディア

さがら総・
渡 航(Speakeasy)
イラスト／仙人掌

底辺高校生と天使のような女子が、奇妙な都市伝説に挑む!?　大人気作家によるレーベルを越えて広がる新世代プロジェクト第一弾!

ダッシュエックス文庫

ファーレンハイト9999
朝倉 勲
イラスト／一色 箱

警視庁『焚書課《ふんしょか》』の高校生捜査官であり、隠れオタクの維刀《いとう》臥人《がと》が無差別テロ阻止に奔走する。第13回SD小説新人賞大賞受賞作！

ファーレンハイト9999②
朝倉 勲
イラスト／一色 箱

イリナの療養中に臥人のバディとなった風雅《ふうか》。臥人の相棒の座を巡って場外バトルが勃発!? スタイリッシュ・スパイアクション第2弾！

モノノケグラデーション
持崎湯葉
イラスト／白身魚

蕎麦打ち棒で妖怪退治!? 天然ボケ少女とトラウマ持ち少年が織りなす、カラフルで切ないモノノケ奇譚。アナタは何色に染まる…？

モノノケグラデーション2
持崎湯葉
イラスト／白身魚

春一《はるいち》の妹・羽音《はね》が水神の巫女に大抜擢！ だが儀式の直後から羽音に異変が起き始め、意識を失ってしまい!? 兄妹の絆が試される！

アプリコット・レッド

北國ばらっど
イラスト／閏 月戈

アートとは武力である！ そしてアーティストとは変態である!? 驚異の新人が贈る前代未聞のアーティスティックバトル、登場！

0.000000001%《せんおくぶんのいち》デレない白い猫

延野正行
イラスト／フカヒレ

並行世界からやってきた少女と結婚しないと世界が滅亡する!? 第13回SD小説新人賞特別賞受賞、奇跡のハイテンションラブコメ！

0.000000001%《せんおくぶんのいち》デレない白い猫2

延野正行
イラスト／フカヒレ

千億分の一の確率を制して地球を救った奇跡《きせき》と子猫《こねこ》。だがまたも数年後に地球が滅ぶとの予測が!? 今度は学園祭でフラグを立てろ!!

【第1回集英社ライトノベル新人賞優秀賞】

ウィッチハント・カーテンコール 超歴史的殺人事件

紙城境介《かみしろきょうすけ》
イラスト／文倉 十

第1回集英社ライトノベル新人賞優秀賞受賞。新米騎士と「魔女狩り女伯」のコンビが、千年前の伝説を模倣した殺人事件の謎に挑む！

ダッシュエックス文庫

【第1回集英社ライトノベル新人賞優秀賞】
五色《ごしき》の魔女
狗彦《いぬひこ》
イラスト／みっつばー

【第2回集英社ライトノベル新人賞特別賞】
呪術法律家 ミカヤ
大桑康博
イラスト／テルミン

【第2回集英社ライトノベル新人賞特別賞】
ボディガードな彼女いわく、サディスティック日和《びより》にて。
望月 充っ
イラスト／中原

【第3回集英社ライトノベル新人賞優秀賞】
封印少女と復讐者の運命式《リベリオン・コード》
伊瀬ネキセ
イラスト／墨洲

大国を守護する魔女の一人が殺された。黄《ゲルプ》の魔女は相棒の鉄製人形と死の謎に迫る。第一回集英社ライトノベル新人賞優秀賞受賞作！

十七歳で〝呪術法律家〟となった天才少女、ミカヤ。彼女の初仕事は、大陸史上最悪の暗殺者アイスフェルドの弁護だった!!

破滅的に運が悪い向希純《むかいきすみ》は下校途中に殺人現場に居合わせたため命を狙われることに。彼の用心棒《ボディガード》になるのは、ドSな美少女で!?

元特殊部隊の青年と殺戮兵器の少女が機械の迷宮で出会った時、運命は動き出す…。第3回集英社ライトノベル新人賞優秀賞受賞作！